욕조가 놓인 방

RE
MIND

욕조가
놓인
방

이승우 소설

작가
정신

개정판 서문

　15년 전 이 책의 '작가의 말'에 나는 욕조가 놓인 방 앞에서 망설이고 있다는 문장을 썼었다. 『욕조가 놓인 방』이 연애소설로 읽히기를 바라는 마음과 사람들의 마음의 안쪽을 들여다보는 소설로 읽히기를 바라는 마음 사이에서 흔들리고 있다는 뜻이었다. 그 둘을 다른 것으로 보았다는 게, 지금은 좀 이상하다. 연애소설이 곧 사람들의 마음의 안쪽을 들여다보는 소설이 아닌가. 연애 서사만큼 삶의 비합리성과 불가피함을 드러내는 데 효과적인 것이 있던가. 한 줄도 고치거나 추가하지 않았지만 다시 읽은 이 소설이 낯설게 여겨지는 이유를 알겠다. 독자, 즉 내 안의 '당신'이 달라졌기 때문이다. 이 오래된 책을 새 책처럼 느끼는 몰염치를 당신은 부디 용서하시라.

새 책으로 둔갑시키느라 수고한 작가정신에 감사드린다. 과분하게 훌륭한 해설을 써준 정여울, 박혜진, 두 분 평론가에게도. 그리고 이 오래된 새 책을 새로 읽을 미지의 독자들에게도.

2021년 가을
이승우

작가의 말

당신은 지금 한 편의 연애소설을 읽으려고 한다. 아니, 그렇다기보다 당신이 지금 읽으려고 하는 소설이 한 편의 연애소설이기를 바란다. 혹은 그렇게 읽히기를.

당신은 성공할 수도 있고, 그렇지 않을 수도 있다. 당신이 성공하기를 바라지만, 그러나 한편으로는 실패하기를 바라는 마음도 있다.

당신이 성공한다면 이 얇은 소설은 조금 더 얇아질 것이고, 당신이 실패한다면 조금 덜 얇아질 것이다. 한 가지 힌트를 주자면, 모든 연애 서사는 거기 참여한 사람들의 마음의 안쪽을 내보이기 위한 일종의 트릭으로 제법 유용하다. 사연들은 의견을 물어오고(혹은 의견들이 사연의 다리를 부러뜨리고), 의견들은 이미지의 박을 탄다(혹은 이미지들이 의견들을 구박한다). 말하자면 그렇다는 뜻이다.

더 얇아지는 쪽을 응원해야 할지 덜 얇아지는 쪽을 지지해야 할지 나는 아직 마음을 정하지 못했다. 그냥 욕조가 놓인 방 앞에서 망설이고 있다고만 해두자. 그리고 사실, 내 결심은 당신의 독서에 아무런 영향도 미치지 못한다. 그러니까 나는 응원이든 지지든 신경 쓸 필요가 없다. 말하자면 그렇다는 뜻이다.

이승우

차례

1

당신은 지금 한 편의 연애소설을 쓰려고 한다. 아니, 그렇다기보다, 당신이 지금 쓰고 있는 소설이 한 편의 연애소설이 되기를 바란다. 혹은 그렇게 읽히기를. 당신은 성공할 수도 있고, 그렇지 않을 수도 있다. 당신이 성공하기를 바라지만, 성공을 예감하느냐는 다른 문제다.

2

　당신은, 칠이 벗겨져나가기 시작한 회색의 철문 앞에서 꽤 오래 망설였다. 두 손은 호주머니에 들어가 있었고, 호주머니 안에서 오른손은 둥근 모양의 고리에 매달린 세 개의 열쇠를 만지작거리고 있었다. 하나는 끝이 둥글고 다른 두 개는 납작했다. 눈앞에 무심한 듯 버티고 있는 그 회색의 문을 열기 위해 필요한 열쇠는 둥근 모양이었다. 그러나 당신은 한동안 열쇠를 만지작거리기만 했다. 피부병을 앓고 있는 노인의 손등처럼 군데군데 헌 자국이 있는 지저분한 철문은 완강해 보였다. 당신은 그 아파트가 지어진 지 십이 년 되었다는 이야기를 들었다. 그동안 몇 번 페인트칠을 했는지 당신은 모른다. 당신은 육 개월 전에 이곳에 왔다.

　헌 데 투성이인 노인의 피부에 얼굴을 대는 것이 내키지 않았기 때문에 당신은 꽤 오랫동안 머뭇거렸지만, 그러나 언제까지 마냥 기다리고 있을 수는 없다고 판단하고는 조심스럽게 문에 귀를 대었다. 귓불에 닿는 감촉은 서늘하고 까칠했다. 피부가 긴장하는 걸 느낄 수 있었다. 문틈으로는 불빛도 새어나오지 않았다. 숨 막힐 것 같은 고요가 공기를 잔뜩 부풀려놓았다. 그것은 전혀 이상한 일이 아니었다.

이곳으로 올 때 당신은 집이 비어 있을 거라는 예상을 이미 하고 있었다. 그렇지만, 그럼에도 불구하고 그것은 또 꽤 의아한 일이기도 했다. 당신은 수차례 전화를 걸었었다. 전화를 걸기까지는 상당한 용기, 또는 자기 설득의 과정이 필요했다. 예컨대 당신은 그녀에게 전화를 걸고 싶어하는 내부의 욕망, 그 통화를 통해 그녀와의 관계를 회복하기를 바라는 은밀한 기대가 부자연스럽지 않다는 것을 스스로에게 납득시켜야 했다. 그 작업은 그녀의 마음 상태를 신중하게 헤아리는 과정을 필요로 했다. 자기를 납득시키기 위해서는 그녀의 허용이 전제되어야 했던 것이다. 그녀 역시 당신이 원하는 것을 원한다는 확신이 당신에게는 필요했다. 그래서 당신은 전화를 걸었을 때 그녀의 마음에 일어날 파문들을 미세한 부분까지 놓치지 않고 상상하려고 했다. 그러나 상대방의 마음을 상상하는 것은 쉬운 일이 아니었고, 그것이 또 당신의 기분을 언짢게 했다. 당신은 그녀에 대해 거의 모든 것을 다 안다고 생각했었다. 그도 그럴 것이 아주 길지는 않지만, 그렇다고 아주 짧지도 않은 시간 동안 당신은 그녀와 공간을 공유했었다. 공간에 있는 모든 것들도. 예컨대 식탁과 책상과 컴퓨터와 화장실과 텔레비전과 비디오와 소파와 지갑, 그리고 욕조. 마음은 더구나 공유한다는 믿음이 강했다. 그러므로 얼마 전까지 당신의 것이기도 했던 그녀의 마음을 상상하는 일은 무엇보다 쉬운 일이어야 했다. 그러나 그 쉬운 일이 쉽지 않았다. 당신이 전화를 걸었을 때 그녀의 마음에 어떤 반응이 일어날지 가늠하기가 어려웠고, 그래서 그녀에 대해 모든 것을 안다고 생각했던 자신의 믿음을 회의하기 시작했다. 생각과는 달리 그녀에 대해 아는 것이 없다는 깨달음이 당신을 당황하게 했다.

당신의 긴 망설임과 머뭇거림은 그녀와 공유했던 시간을 되돌리고, 그 시간의 기억들을 회복하고, 그 기억들에 의지하여 그녀의 허용을 유도해내는 꼬불꼬불하고 아슬아슬한 과정이었다. 그 길의 어느 지점에선가 당신은 면도기와 사각의 액자를 떠올리는 데 성공했다. 사람이란 대체 얼마나 상황에 휘둘리는, 혹은 휘둘리기를 좋아하는 존재인지. 면도기와 사각의 액자가 마침내 전화를 걸어도 좋다고 지시했을 때, 당신은 상당히 탈진한 상태였다. 그만큼 간절해지기도 했을 것이다.

그랬으므로 전화기 저쪽의 침묵은 당신을 견딜 수 없는 심정 속으로 몰아넣었다. 당신은 거듭 전화를 걸었다. 전화벨만 거듭 길게 울렸다. 그럼에도 전화를 거는 것 말고 다른 연락의 방도가 없었으므로 당신은 몇 번이고 전화만 걸었다. 그녀는 집 전화도 받지 않았고, 휴대전화도 받지 않았다. 전화기가 꺼져 있다는 안내 음성만 되풀이해서 들려왔다. 다음 날 다시 전화를 걸었지만 상황은 달라지지 않았다. 어떻게 된 거지? 자신을 설득시키기 위한 논리만 만들어지면 문제가 없을 줄 알았던 당신은 생각지 못한 사태에 직면하여 조급해지는 마음을 제어하기가 어려웠다. 그리고 여자와 연락이 되지 않는 것 때문에 마음 졸이며 어쩔 줄 몰라하는 자신에 대해 쑥스러움을 느꼈다. 당신은 조급증과 쑥스러움을 감추기 위해 이타심이라는 위장포를 뒤집어썼다. 예컨대 당신은 그녀에게 무슨 일이 생겼을지 모른다는 우려를 급조했다. 이 년 전에 카리브 해안의 보름달이 만든 하얀 길 앞에서 그랬던 것처럼. 그때, 그녀는 금방이라도 물속으로 걸어 들어갈 것 같았고, 그처럼 위험했고, 그 순간 당신은 물로부터, 익사와 수장의 위험으로부터 그녀를 보호해야 하는 임무를 부여받았다고 느꼈다. 당신의 가공된 이타심에 의하면, 자신의 욕망이 아니라 부여받은 임무 때문에 당신은 그녀 곁에 붙어 있어야 했다. 그리고 이 년 후의 당신은 이제 무슨 큰일이 생겨서 당신의 도움을 간절히 바라고 있을지도 모르는(전화를 받지 않다니! 세상에, 이럴 수가!) 그녀에 대한 걱정과 우려로 속 태우는 이타적인 사람이 되었다. 그리하여 쑥스러움 없이 그녀를 향한 마음의 질주를 지속할 수 있었다.

당신은 그런 사람이다. 자기 합리화가 없이는 여간해서는 움직이지 않는다. 스스로 명분을 만들어서 자신을 설득시키고 난 후에야 행동한다. 엄밀히 말하면, 그것은 설득의 과정이 아니라 속이기의 과정인 경우가 더 많다. 당신은 스스로 만든 합리화의 술책에 넘어가지 않을 만큼 현명하지만, 그러나 현명함을 뒤로 감추고 기꺼이 그 술책에 넘어가줄 만큼 교활하기도 하다. 명분을 확보한 당신은 더 이상 머뭇거릴 이유가 없었다. 몇 번 더 통화를 시도한 다음 마음을 정한 당신은 서랍 안쪽에서 열쇠를 꺼내 들고 그녀의 집을 향해 차를 몰았다.

3

면도기와 사각의 액자는 그녀에게 전화를 걸기 위해 당신이 찾아낸 자기 합리화, 혹은 자기 설득, 혹은 자기기만(그것을 뭐라고 하든)의 그럴듯한 명분이었다. 누구나 그렇지만, 명분을 확보하기 전에는 많이 망설인다. 그것은 이를테면 명분을 얻은 후에 용감해지기 위한 명분이다. 그러니까 명분을 만들기까지가 언제나 가장 어렵다.

몇 달 전, 당신의 휴대전화에 문자 메시지가 하나 들어왔다.

면도기와 액자를 가져가세요.

당신은 그 메시지를 보낸 사람이 누구인지 금방 알아차렸다. 모를 수가 없는 일이었다. 그러나 무시했다. 면도기와 액자를 가져가기 위해서는 그녀에게로 가야 했다. 당신은 면도기와 액자를 통해 다시 맺어질 그녀와의 관계를 꺼려했다. 그녀를 혐오하거나 지긋지긋해한 것은 아니었다. 두려워한 것도 아니었다. 부담스러워한 것은 사실이지만 혐오하거나 지긋지긋해하거나 두려워하지는 않았다. 당신의 부담은 감정의 상태로부터 비롯한 것이 아니라 차라리 의지의 활동이었다. 당신은 그녀와의 불편한 관계를 더 이상 지속시키지 않으려고 했다. 여기서 멈추자. 그것이 당신의 의지였다. 그녀 역시 당신의 의견에 동의했다. 그래요. 여기서 더 가지 말아요. 아니, 누가 먼저 제안했는지 알 수 없다. 의지를 가진 쪽은 당신이 아니라 그녀였는지 모른다. 동의한 쪽은 그녀가 아니라 당신이었는지 모른다. 하여튼 당신은 의지를 구현하기 위해 그녀의 집을 나왔다. 면도기와 액자를 두고 온 것은 고의가 아니었다. 면도기는 충전 중이었고, 액자는 거실 벽에 걸려 있었다. 짐을 쌀 때 욕실에 있는 면도기를 빠뜨렸다. 액자 속의 사진은 헐벗은 배롱나무를 찍은 것이었다. 눈을 맞고 서 있는 배롱나무는 괴로운 듯 사지를 뒤틀고 있었다. 지난해 겨울, 당신은 그녀와 함께 남해안 쪽으로 짧은 여행을 다녀왔고, 몇 장의 사진을 찍었다. 배롱나무는 그 여행 중에, 그녀와 함께 찍은 사진 가운데 하나였다. 현상된 사진을 보고 액자를 만들어 걸어놓자고 제안한 사람은 그녀였다. 그리고 아마도 둘이 같이 액자를 맞추러 갔을 것이다. 그녀는 손때 묻은 가죽 느낌이 나는 밤색의 나무틀을 선호했고, 당신은 동의했다. 그러므로 그 액자는 누구의 것이라고 말하기가 어려웠다.

그런데 그녀가 면도기와 함께 액자를 가져가라고 말한 것은 그 액자와 액자 속의 사진이 당신의 소유임을 선포한 것이라고 할 수 있었다. 당신이 그 집을 나오면서 그것을 가방에 넣지 않은 것은 그것이 당신의 물건이라는 의식이 없었기 때문이다. 당신은 그녀가 왜 그것을 당신의 것으로 간주하는지 이해할 수 없었다. 그녀의 마음을 전혀 헤아릴 수 없었다는 것은 아니다. 그녀가 당신을 연상할 만한 일체의 물건들을 자기 방에서 제거하려 한다는 확신을 갖게 된 것은 사흘 후 전송된 두 번째 메시지 덕택이었다. 그녀는, 면도기와 액자를 가져가세요, 제발……이라고 써 보냈다. 제발, 이라는 단어의 간절함이 가슴속의 예민한 부분을 건드렸다. 당신은 잠깐 숨을 멈췄다가 제발, 하고 발음해본 다음, 윗니로 입술을 지그시 깨물었다. 아련한 통증이 신경을 타고 몸 전체로 퍼져가는 걸 느낄 수 있었다.

이별 후에 어떤 물건들은 추억을 불러일으키는 매개물로 작용한다. 물건들은 어떤 시간을 상기시키고 그 시간 속에서 함께했던 어떤 사람, 어떤 사연, 어떤 약속을 불러낸다. 물건은 시간이 고스란히 보존되어 있는 화석이다. 그러니까 사람으로부터 자유로워지기 위해서는 먼저 물건으로부터 자유로워져야 한다. 당신의 흔적을 못 견뎌 하는 그녀의 태도는 당신과의 추억을 제거하겠다는 의지의 강한 표현이지만, 다르게 생각하면 물건으로부터 아직 완전한 자유를 선언받지 못했다는 고백이고, 그 물건이 상기시키는 사람을 지우기가 그만큼 힘들다는 표현이기도 할 것이므로 섭섭해할 이유가 없었다. 역설이지만 당신은 약간의 쾌감을 느꼈다.

당신이 두 차례에 걸친 그녀의 문자 메시지에 아무런 반응도 보이지 않은 것은, 그런 사실들을 이해하지 못했기 때문이 아니라, 그런 사소한 구실을 빌미로 어떤 식으로든 '그녀에게 가는' 길을 밟아야 한다는 일에 자신이 없었기 때문이었다. 발이 가기 전에 생각이 먼저 그 길을 간다. 그리고 대체로 생각으로 걷는 길이 발로 걷는 길보다 힘들다. 당신은 그녀 쪽으로 생각의 방향을 트는 것만으로도 혼란스러워질 것 같아서 두려웠다. 당신의 단단한 각오가 흐물흐물해질 것 같아서. 생각의 몸을 일 밀리미터만 움직여도 주체하지 못할 것 같아서. 당신의 그 대단한 의지의 활동이라고 하는 것이 실상은 그렇게 허전하고 보잘것없는 것이었다.

그녀로부터는 다시 연락이 오지 않았다. 당신은 드러내놓고 아쉬워하지는 않았지만 가끔씩 휴대전화의 액정 화면을 뚫어지게 쳐다보는 것으로 복잡한 감정의 일면을 노출하곤 했다. 그녀가 물건으로부터 자유로워지고 있는 동안(당신은 그녀가 더 이상 문자 메시지를 보내오지 않은 것을 그렇게 이해했다), 당신은 조금씩 물건에 얽매여갔다. 은밀함과 더딘 속도 때문에 당신은 휴대전화라는 물건에 지배받아 가는 자신을 깨닫지 못했다. 그녀가 문자 메시지 보내기를 중단해버린 뒤에, 마치 부지불식간인 것처럼 문자 창을 들여다보는 버릇이 당신에게 생겨났다. 그 버릇이 생긴 것을 의식하게 되었을 때, 당신은 몹시 당황스럽고 무안하긴 했지만 그러나 부끄럽다고 생각하지는 않았다. 그녀는 익숙한 물건이 불러내는 기억

때문에 괴로워했고, 괴로워할 거라고 짐작했고, 당신은 새로운 물건이 거는 주문 때문에 괴로워지기 시작했다. 당신은 자주 휴대전화를 만지작거렸고, 그것은 당신의 마음이 자주 흔들리고 있다는 표시였다. 사랑에 빠진 사람이 그런 것처럼 사랑을 아직 끝내지 못한 사람도 휴대전화의 액정 화면을 자주 들여다본다. 그리고 마침내 당신은 면도기와 액자라는 구실을 찾아내는 데 성공했던 것이다. 경우에 따라서는, 당신이 망설임을 끝냈기 때문에 면도기와 액자라는 구실을 사용할 수 있게 되었다는 식의 진술도 가능하다. 구실이 없으면 움직이지 않는다는 말이 진실인 것처럼, 움직일 수 있게 되었을 때에야 겨우 구실이 찾아진다는 말 역시 진실인 것이다. 당신은 전화를 해서 면도기와 액자를 가져가겠다고 말하려고 했다. 오직 용건이 그것뿐인 것처럼, 단지 그것 때문에 전화를 한 것처럼 말하려고 했다. 그다음에 어떻게 하겠다는 계획은 아직 없었다. 그녀를 다시 한 번 만나보는 것으로 충분할 것 같다는 생각뿐이었다.

당신이 그녀에게 전화를 걸게 된 내력이 대략 그러했다. 그러나 그녀는 전화를 받지 않았고, 그 것은 당신을 조급한 심정 속으로 미끄러지게 했고, 마침내 서랍 속에 집어넣어 두었던 열쇠를 꺼내 들고 그렇게 거부하려고 했던 '그녀에게 가는 길'로 나서게 했다.

4

본사로의 귀환 명령을 받은 후, 당신은 어떤 강박증에 시달리기 시작했다. 어떻게든 빨리 H시를 떠나야 한다고 생각해왔고 또 그렇게 되기를 간절히 바랐으면서도, 막상 떠날 날을 잡고 보니 어쩐지 떳떳하지 않은 것처럼 여겨졌다. 굳이 말하자면 그것은 일종의 죄책감과 비슷한 감정이었다. 어린 시절, 수박 서리를 하러 들어갔다가 과수원 주인에게 붙잡힌 친구만 남겨두고 혼자 도망쳐서 집으로 돌아갈 때의 일이 떠오르고, 복잡하던 그때의 감정이 떠올랐다. 집을 향해 터벅터벅 걸으면서 당신은 붙잡힌 친구가 당신의 이름을 불어버리면 어쩌나 하는 걱정에 사로잡혔었다. 이제라도 돌아가서 친구와 함께 벌을 받는 것이 옳다는 생각과 당신이 잘못한 것이 아니라 그 친구가 운이 없었을 뿐이므로 아무 일도 없는 것처럼 태연해져야 한다는 생각 사이에서 괴로워했다. 결국 당신은 친구에게 돌아가지 않았지만, 친구도 괘씸해하지 않았고, 자기가 당신 입장이었더라도 도망부터 쳤을 거라고 했지만, 당신은 오랫동안 그 친구에게 미안한 마음을 가져야 했다.

H시를 떠나야 하는 시간이 가까워지면서 당신은 당신이 해야 할 일이 무엇인지 또렷이 깨달았다. 이번에도 도망자의 모습으로 떠날 수는 없는 일이라고 말하는 내부의 목소리를 외면하기 어려웠다. 그녀가 당신을 기다리느냐, 기다리지 않느냐는 중요하지 않았다. 어린 시절, 과수원 주인에게 붙들린 친구가 당신을 기다리든 기다리지 않든 상관없었던 것처럼. 당신은 또다시 비겁하게 도망칠 수 없었다. 그것이 그녀의 집을 찾아가게

만든 실제적인 이유였다.

5

거실은 오래 묵은 공기로 꽉 차 있었다. 심호
흡을 하자 공기들이 휘청거리며 콜록콜록 기침
을 했다. 오래 묵은 공기에서는 마른 나뭇잎 냄새
가 났다. 문을 열고 들어서는 순간, 당신은 그것이
흐릿하게 지워져가는 다투라 향이라는 걸 감지
했다. 그녀가 사용하는 향수의 여진이라는 것도.
그 향수는 당신이 그녀에게 처음 했던 선물이기
도 했다. 히말라야의 서늘함과 사막의 열정이 함
께 담긴 향, 관능적이면서 지적인 매우 독특한 느
낌⋯⋯. 향수를 소개하는 문구들을 당신은 여태
기억하고 있었다. 향수를 선물한 후 당신은 그녀
에게 그것만을 쓰게 했고, 그녀는 그 말을 들었다.
그 향기는 두 사람이 배타적 관계 안에 있음을 암
시하는 일종의 은밀한 암호와 같았다. 예컨대 당

신이 선물한 향수만을 쓰고 다른 향수는 쓰지 못하도록 요구하고, 그녀가 그 요구에 복종함으로써 두 사람은 서로에게 배타적으로 소속되었음을 확인했다. 그 소속감이 사랑이라는 배타적인 관계 속에 들어간 두 사람이 느끼는, 혹은 누리는 쾌감의 근원이다. 사랑은 요구하는 것이고, 또 복종하는 것이다. 우리는 연인에게만 자기에게 속할 것을 요구한다. 그 요구에 복종하지 않는 사람은 연인이 아니다. 복종할 것을 요구하지 않는 사람 또한 연인이 아니다. 연인들은 요구하면서 기쁨을 느끼고, 복종하면서 행복에 빠진다. 우리는 사랑하기 때문에 '나 외에 다른 사람을 사랑하지 말라'는 계명을 내리고, 또한 사랑하기 때문에 '나 외에 다른 사람을 사랑하지 말라'는 계명을 기꺼이 지킨다. 여기서 중요한 것은 계명의 내용이나 어떤 내용의 계명을 준수한다는 사실이 아니라 계명을 내린 이의 말에 대한 복종이다. 계명이 옳고 지킬 만하기 때문이 아니라, 그 계명을 내린 이가 연인이기 때문에 따르는 것이다. 다투라 향이 여향으로 남는 향수는, 말하자면 요구와 복종이

라는 사랑의 메커니즘을 환기시키는 당신과 그녀
의 은밀한 신호였다.

거실에는 그 신호가 거의 사라져가는 중이었
다. 당신은 그녀가 사용하는 향수의 흐릿한 흔적
을 통해 그녀가 방을 꽤 여러 날 비우고 있다는 사
실을 눈치챘다. 그것은 예측하지 않은 바는 아니
었지만, 그래도 좀 의아하고 또 섭섭한 일이었다.
당신의 눈이 탐색하듯 움직였다. 벽지는 흰색이
었다. 살림 도구나 장식품들이 거의 보이지 않는
실내는 단순하고 무미건조했다. 아직 입주하기
전이거나 이제 막 이삿짐을 내간 집 같았다. 말하
자면 빈집 같았다. 처음 이 집에 들어왔을 때도 당
신은 그런 인상을 받았었다. 살아 있는 사람의 온
기가 느껴지지 않는 실내의 분위기가 당신의 신
경을 빳빳하게 긴장시켰었다. 당신은 무슨 말을
해야 할지 몰라 조금 더듬거렸고 앉아야 할지 서
있어야 할지 몰라 엉거주춤한 자세를 취했었다.

집은 그대로였다. 어디선가 찰랑거리는 물소리
가 문득 들려왔다. 물이 물속으로 스미면서 물을
밀어내는 소리였다. 물은 물속으로 섞여들수록

물을 밀어내야 했다. 물이 물속으로 스며들 때가 아니라 물이 물을 밀어낼 때 소리가 났다. 당신은 그 물소리에 친숙했다. 친숙하다고 생각했다. 당신은 천천히 눈을 들어 물소리가 들려오는 쪽을 바라보았다. 그녀의 방문이 굳게 닫혀 있었다. 당신은 두 걸음 움직여서 방문 앞까지 갔다. 그러나 문을 열지는 못했다. 어떤 기억에서 비롯한 거북함이(어쩌면 두려움이) 당신의 근육을 굳게 했다. 당신은 몸을 돌려 다른 방문을 향했다. 당신이 한때 사용했던 방이었다. 당신은 뒤쫓아 오는 물소리를 피해 그 방으로 달아났다.

방은, 적어도 당신이 보기에는 떠날 때의 모습 그대로 보존되어 있는 것처럼 보였다. 당신은 불을 켜지 않았다. 컴퓨터와 오디오를 받치고 있는 책상, 푸른색 꽃무늬의 익숙한 시트가 깔린 침대는 어둠과 정적에 덮여 있었다. 당신의 눈에 꽃무늬는 본래의 푸른색을 잃고 검은 얼룩처럼 보였다. 책상은 오랫동안 방치된 무덤처럼 기괴했다. 당신은 어둠과 정적의 한가운데서 조마조마한 심정이 되었다. 그녀는 어디로 갔을까? 당신은 무언지 모를 불안한 상태에 빠져들었다. 당신은 꽃무늬를 손바닥으로 쓸어보고는 그 위에 가만히 앉았다. 꽃무늬의 감촉이 서늘했다. 그녀의 차가운 손길이 스치기라도 한 것 같은 느낌에 당신은 잠깐 움찔했다. 눈은 책상 위의 오디오를 거치고 컴퓨터를 거치고 책장으로 향했다. 책들은 숨죽이고 잠들어 있었다. 사 단으로 나뉜 책장의 머리는 거의 천장에 닿아 있었다. 당신은 생각난 듯 몸을 일으켰다. 책들의 딱딱한 등을 만졌다. 어떤 정치인의 이름이 새겨진 자명종 시계와 도자기로 만든 동전통과 대나무 연필통이 나란히 놓여 있는 두 번째 단에서 당신은 새조개 모양의 납작한 병을 무의식적으로 집어 들었다. 뚜껑을 열고 마치 방 안의 어둠과 정적을 깨우기라도 하려는 것처럼 병 꼭대기의 작은 꼭지를 꾹 눌렀다. 치이익 소리를 내며 분말 같은 액체가 허공으로 날아갔다. 분말은 공기 속으로 스며들어 향기로 몸을 바꾸고 오랫동안 잠자고 있던 공기를 부스스 깨어나게 했다. 당신은 향수를 책장에도 뿌리고 옷걸이에 걸린 옷에도 뿌리고 침대의 푸른색 꽃무늬를 향해서도 뿌렸다. 실내는 순식간에 '히말라야의 서늘함과 사막의 열정'에 장악되었다. 당신은 당신의 불안정한 마음 상태가 방 안에서 사라져버린 히말라야와 사막의 향기에서 비롯되었다는 걸 깨달았다. 당신은 심호흡을 해서 향기를 몸속 깊이 들이마셨다. 그 향기를 맡을 때 그녀와 함께 있는 것처럼 느낄 수 있었다. 그녀의 가슴에 얼굴을 묻을 때 그 향기는 당신의 폐부를 통해 신경과 혈관과 근육을 지배했다. 그제야 안도감이 생기는 듯했다. 당신은 침대에 몸을 누였다. 히말라야와 사막의 향기가 포근한 이불처럼 당신을 감쌌다. 가슴이 부풀어올랐다.

6

그녀와의 첫 키스의 순간, 그것은 고대 마야의 오래된 신화가 살아 숨 쉬는 피라미드 언덕에서 이루어졌다. 코카인과 같아, 키스는…… 하고 당

신은 말했다. 코카인을 딱 한 번 아주 조금 흡입
해본 경험이 있다는 사람으로부터 당신은 들었
다. 마약이 몸 안에 흡수되는 순간 어떤 일이 일어
나는지를. 옆에서 물잔에 물을 따르는데 마치 폭
포수가 절벽을 타고 떨어지는 것처럼 들리더라
고 했다. 누군가의 손길이 슬쩍 팔등을 스치는데
소름이 오소소 돈아나더라고 했다. 대중 앞에 서
서 더 좋은 목소리를 내야 한다는 조급증에 시달
리는 가수들이 쉽게 마약에 빠져들고, 한번 빠지
면 좀처럼 헤어나오지 못하는 사정을 이해할 수
있을 것 같더라는 말도 했다. 감각기관을 극도로,
말하자면 필요 이상으로 예민해지게 만드는 것이
마약의 효능이라고 당신은 알아들었다. 그처럼
그녀의 입술에 입술을 대는 순간 당신의 모든 감
각들이 일제히 기지개를 켜고 일어났다. 당신은
식물의 잎맥들이 뿌리에서 줄기까지 수분과 양
분을 운반하며 내는 소리를 들었고, 풀 위에 맺힌
이슬들이 진주알처럼 또르르 구르는 모습을 보
았고, 달빛이 공기 속으로 섞여들어 가 몸을 부비
는 모습을 보았고, 아직 피지 않은 꽃이 미리 발산

하는 향기를 맡았다. 당신의 몸도 놀라울 만치 민감해졌다. 솜털들이 바짝 긴장해서 일어서고 피부가 숨구멍을 일제히 터뜨렸다. 당신의 혀가 그녀의 입안으로 들어가고 그녀의 혀가 당신의 혀를 맞이하기 위해 조심조심 다가올 때, 당신의 감각은 미세한 돌기들의 움직임 하나하나를 놓치지 않고 감지할 정도로 예민하게 벼려졌다. 신경들은 폭발할 것처럼 부풀어 올랐고, 혈관의 피들은 놀라울 정도로 빠르게 흘렀다. 달은 지상에 너무 가까이 내려와 손을 뻗으면 닿을 것 같았다. 세상은 세상의 첫날처럼 환했다. 당신의 손이 그녀의 긴 머리카락을 쓰다듬었다. 그녀가 당신의 가슴에 얼굴을 묻으며 말했다. 달빛이 이렇게 밝다니……. 당신은 그 말을, 죽을 수 있을 것 같아요, 라고 번역해서 들었다. 그 번역은 의역이 심하다는 인상이 없지 않지만 그러나 근본적으로 틀린 번역은 아니었다. 남자의 입술을 받아들인 사실에 어떤 구실인가를 붙이려는 그녀의 마음을 당신은 이해하고자 했다. 일종의 치환, 또는 대치가 이루어져야 했을 것이다. 달빛은 그녀가 찾은 홀

룡한 치환이었다. 달빛은 그녀의 마음속에서 일렁이고 있었으니까. 바다 위에서 일렁이던 달빛. 물의 속살을 탐하며 스미고 희롱하던 그 흰 달빛. 걸어오라고, 들어오라고 손짓하며 팔을 잡아당기던 그 너무 차갑던 흰 달빛. 당신은 그 달빛이 그녀의 마음속에서 일렁이는 모습을 보고 말했다. 달빛이 우리 안으로 들어왔어요. 그러니까 우리 안으로 길이 난 거지요. 당신 역시 죽을 수 있을 것 같다고 고백한 것이다. 그녀 역시, 당신이 그런 것처럼 당신의 의중을 잘 알아들었다.

7

그런데 사랑은 언제 어떻게 시작되었을까? 이 질문이 불편하지 않기를 바란다. 물론 사랑이 시작된 시점을 정하는 문제는 단순하지가 않다. 세상의 모든 연인들은 사랑이 시작된 시점을 규정하는 데 있어 두 가지 상이한 입장을 취한다. 하나는, 비유를 들어 말하자면 구원파적 엄격성이라고 할 수 있는 태도다. 자기가 구원받은 시간을 분초까지 정확히 알아야 하고 그렇지 않으면 구원을 받은 것이 아니라는 주장을 함으로써, 이른바 구원파들은 오랫동안 느슨한 구원론을 견지해오던 기존 기독교단의 신자들을 혼란에 빠뜨렸다. 이들의 견해에 의하면 구원받은 시간을 정확하게 알고 있지 않다면 그 사람은 구원을 받은 것이 아니다. 구원받은 사람이 구원받은 시간을 모른다는 것은 있을 수 없는 일이기 때문이다. 다가올 어느 시간에, 가령 세상 종말의 날에, 구원'받을' 것이라는 애매한 미래형 시제는 철저히 거부된다. 사랑에 대해 이와 같은 구원파적인 입장을 가진 사람들은 사랑이 시작된 시점에 대해 종교적인 철저함을 요구한다. 이들은 사랑이 시작된 시점을 인지하고 있느냐, 그렇지 않느냐에 따라 사랑의 진위를 가름할 수 있다는 식의 과격하고 다소 편집적이기도 한 주장을 내세운다. 사랑이 언제 시작되었는지 아는 사람은 사랑에 대한 순결을 담보하고 있는 것으로 간주된다. 반대로 사랑이 언제 시작되었는지 모르는 사람은 의혹과 혐의의 대상이 되기 쉽다.

다른 쪽에 불가지론이 있다. 사랑이 시작된 과거의 한 시간이 아니라 현재의 확신과 진행형 상태에 더 주목하는 것처럼 보이는 이들은 사랑의 속성을 점오漸悟적인 것으로 받아들인다. 한순간에 갑자기 깨달음이 찾아왔다면 그 시간을 기억하는 것은 어렵지 않다. 왜냐하면 그 순간에 시간의 매듭이 지어지기 때문이다. 돈오頓悟의 매듭이라고 이름 붙일 수 있는 어떤 것. 그러나 물이 가죽으로 스미는 것처럼 천천히, 조금씩, 점점 깊이 깨닫게 되는 것이 진실이라면 시간의 매듭은 지어지지 않는다. 모든 상태는 '이미'와 '아직 아닌' 사이 어딘가에 위치한다. 구원파적 엄격함을 사랑에 빗댄 사람들이 사랑이 시작된 시점을 사랑의 완성과 연결시키고 그 이후의 시간은 다만 그 사랑을 즐기고 유지하는 것에 불과하다고 간주하는 반면에 점오적 입장을 가진 사람들은 사랑의 시작과 완성을 동일시하지 않을 뿐 아니라 시작이 그런 것처럼 완성 역시 매듭지을 수 있는 것이라고 여기지 않는다. 물을 매듭지을 수 없다. 사랑도 물과 같아서 언제 스며들었는지 모르게 스며든다. 그들에게 사랑은 알 수 없는 것, 안다고 말할 수 없는 어떤 것이다. 사랑의 시작과 완성은 있는 것도 아니고 없는 것도 아니다. 있지만 구원파적으로 있지 않고, 없지만 무신론자처럼 없지 않다.

그런데 사랑을 소재로 한 서사들, 예컨대 소설이나 영화들은 대체로 돈오, 즉 구원파적 엄격성에 의지해서 줄거리를 전개한다. 서사의 매듭이 필연적으로 요구되는 장르적 특성상 불가피한 일이라고 사람들은 이해한다. 계기와 각성, 혹은 인과관계가 일화들 사이를 연쇄로 잇는다. 그래야 이야기가 만들어진다. 물이 가죽 속으로 스며드는 것처럼 매듭 없이 전개되는 플롯이란 곤란하지 않겠는가. 계기와 각성의 연쇄로서의 서사 장르에 익숙해진 사람들은 자기와 자기의 연인의 사랑에 대해서 매듭을 찾으려는 시도를 한다. 그것이 자기, 또는 자기의 연인의 사랑의 순수함, 또는 완전무결함을 증명하는 길이라고 믿기 때문이다. 그 매듭이 특별할수록 사랑의 순수와 완전무결에 대한 신념은 견고해진다. 물론 미신이다. 미신일수록 맹목적이다. 그래서 연인들은 어떻게든 사랑이 시작된 순간을 기억하려 하고, 때때로 너무 희미하거나 복잡해서 기억이 불가능할 때는 사랑의 시점을 인위적으로 정하는(기억해내는 것이 아니라) 일도 생겨난다.

당신은 그녀가 없는 그녀의 방에서 매듭짓기를 하려고 애썼다. 그러나 그 작업은 상당히 공교한 일이다. 서사의 구성에 익숙하지 않은 당신은 마디에 박힌 옹이들을 만지작거렸다. 히말라야와 사막의 향기는 당신의 콧속으로 스며들고 혈관을 타고 흘렀다. 어디선가 물속으로 물처럼 스미는 물소리가 들리는 것도 같았다.

8

그리고…… 어떤 목소리가 당신의 기억 속에서

흘러나왔다. 은근하고 달콤한 목소리. 당신은 다른 관광객들과 함께 돌계단에 앉아 있다. 해가 서산에 걸리고 붉은 기운이 대지를 휘장처럼 덮었다. 돌무더기 사이를 헤매고 다니던 사람들이 하나둘 돌계단에 와 앉았다. 계단은 벌판에 산재해 있는 여러 동의 옛날 건물들을 조망하기 좋은 위치에 자리 잡고 있었다. 계단은, 거기 앉으면 바라보이는 건물들이 그런 것처럼 수천 년 전의 돌로 만들어진 것이다. 계단과 계단 사이의 폭이 너무 좁아서 무릎이 가슴까지 올라왔다. 당신은 욱스말의 안내 팸플릿을 말아 쥔 손을 무릎 위에 얌전히 올려놓았다. 며칠간 쏘인 카리브해의 강렬한 햇볕에 그을린 당신의 손등은 청동빛이다. 대지를 덮고 있던 붉은 휘장이 걷히면서 어둠이 급히 포진했다. 제비들이 날렵하고 유연한 몸놀림으로 허공에 길을 낸다. 길은 가파른 곡선이다. 급히 위로 솟구쳤다가 빠르게 아래로 떨어지고 동쪽으로 흐르다가 남쪽으로 미끄러진다. 체구가 작은 제비들은 그만큼 날렵하다. 허공을 휘젓고 다니는 제비들의 날개 소리만 어둠을 불러내는 것처럼 음산하다. 제비들은 벌판에 세워진 피라미드 내부에 둥지를 치고 산다. 피라미드 내부의 벽은 제비들의 분비물에 의해 더럽혀져 있다. 환기가 잘 안 되는 그 안의 지독한 악취 때문에 관광객들은 코를 싸쥐고 밖으로 빠져나왔다. 당신도 그랬다. 제비들은 울지 않았다. 다만 날아다닐 뿐이었다. 오래전 그 땅에 거주했던 마야인들의 혼이 제비가 된 모양이라고 당신은 생각했다. 그녀는 당신의 생각에 동의했다.

잠시 후 충분히 어두워지기를 기다렸다는 듯 건물과 건물 주위 곳곳에 설치된 색색의 조명이 하늘을 향해 부채꼴 모양으로 퍼져나갔다. 빛은 하늘에서 땅으로, 다시 땅에서 건물로 빠르게, 혹은 느리게 움직이고, 움직이다가 멈추고, 빛들끼리 서로 섞였다. 그리고 하늘에서 울리는 것 같은, 아니면 시간의 심연에서 끌어올려진 것 같은 여러 겹의 층을 가진 음향의 세례가 퍼부어졌다. 음향은 폭죽처럼 터져 사방으로 퍼져나갔다. 빛과 소리는 오래전의, 이제는 사라진 한 위대한 문명의 신화를 재현하기 위해 불러낸 가장 효과적인,

그러나 어쩔 수 없이 불완전한 현대 문명의 수단이다. 폭죽 같은 소리와 교향악 같은 빛의 향연에 의해 초대된 고대 문명은 장엄하지만 서글펐다. 장엄한 만큼 서글펐다. 장송葬送의 분위기를 연출하는 빛과 음향에 의해 관광객들은 일순 조문객들이 되어야 했다.

푸른 조명이 정면에 있는 건물의 한 부분을 길게 비추었다. 푸른 조명은 건물 벽에 웅크리고 있던 수천 년 전의 뱀을 살려냈다. 차가운 피를 가진 날개 달린 큰 뱀이 슬며시 고개를 들었다. 푸른 조명이 건물을 휘감고 있는 뱀의 자태를 유감없이 드러내 보였다. 뱀은 입을 크게 벌렸다. 무엇인가를 곧 잡아먹을 듯한 태세였다. 쿠쿨칸이에요. 움찔하는 순간의 당신의 귓속으로 목소리가 슬며시 스며들었다. 그녀의 목소리였다. 옆에 앉은 다른 관광객들을 방해하지 않기 위해 그녀는 어쩔 수 없이 목소리를 낮추고 몸을 당신 쪽으로 기울이고 고개를 당신에게 돌렸다. 당신의 귀에 그 목소리는 은밀하고 달콤하게 들렸다. 빛과 소리의 축제는 계속 이어지고 있었다. 그러나 그 나라 언어에 익숙하지 않은 당신은 들려오는 말을 한마디도 알아들을 수 없었다. 그녀는 당신이 알아들을 수 있도록 한국어로 통역했다. 그녀의 목소리는 한층 은밀해지고, 말을 하기 위해 당신에게 얼굴을 돌렸다가 빛의 춤을 보기 위해 정면을 향했다가 했다. 그럴 때마다 목소리도 커졌다가 작아졌다가 했다. 당신은 그녀의 목소리를 더 잘 듣기 위해 머리를 약간 숙이고 얼굴을 앞으로 내밀었다. 발음할 때 그녀의 입에서 나온 연한 바람이 당신의 귓불을 간질였다. 이제 하늘에는 붉은 기운이 완전히 사라지고 없었다. 어둠은 담요처럼 세상을 덮었다. 교차하는 색색의 빛들 사이로 어두운 하늘을 어지럽게 날아다니는 제비들이 보이고, 그리고 당신은 아무것도 보지 못했다.

그 순간에 세상은 현저하게 축소되었다. 그 땅에, 이 세상에, 당신과 그녀 말고 다른 사람은 존재하지 않았다. 사랑에 빠지는 순간 세상은 두 사람만 사는 공간이 된다. 그들이 어디 있든 마찬가지다. 연인들은 최초의 하늘과 땅을 가진 에덴의 연인들이 그랬던 것처럼 이 세상에 단 두 사람만 거주하는 양 느끼고 말하고 행동한다. 연인 이외의 모든 사람들은 그저 배경에 지나지 않는 것이 된다. 연인은 연인 말고는 다른 누구도 의식하지 않는다. 말하자면 사랑은 세상을 축소시키는 기술이다. 사랑에 빠지는 사람의 세계는 두 사람만 존재하는, 아주 좁은, 이제 막 태어난 세상이다. 사랑하는 사람이 기웃거리지 않는 것은 기웃거릴 대상이 없기 때문이다. 자기를 제외하면 그, 그녀만이 유일한 인류이기 때문이다. 사랑이 시들해지면 세상이 조금씩 넓어지고, 보이지 않던 사람들이 점점 더 잘 보이고, 그리고 결국 한때 유이한 인류였던 그 사람이 보이지 않게 된다. 기웃거리기가 가능해지는 것은 기웃거릴 대상이 다시 생겨났다는 증거다. 만물이 그런 것처럼 사랑 역시 태어나고 성장하고 소멸한다.

그녀는 오로지 한 사람만을 위해 낮고 은밀하고 달콤한 목소리로 마야인들의 이야기를 전했다. 그 한 사람인 당신의 몸은 점점 그녀에게로 기울고, 그녀의 몸은 점점 당신에게로 기울었다. 당신의 무릎에 그녀의 무릎이 닿고, 그녀의 팔이 당신의 팔에 눌렸다. 당신의 숨이 그녀의 얼굴을 간질이고 그녀의 숨이 당신의 얼굴을 간질였다.

9

당신의 손이 그녀의 손 위에 포개진 것이 언제인지 당신은 기억하지 못한다. 당신의 입술이 그녀의 입술에 닿고, 당신의 혀가 그녀의 입안으로 들어간 것이 언제인지도 역시 당신은 기억하지 못한다.

기억해야 하는가, 그 순간을?

10

H시 근무 발령을 받고 당신은 좀 난감한 심리 상태에 빠졌다. 당신이 제일 먼저 생각한 것은 마

흔을 앞두고 있는 나이였다. 몇 차례의 구조조정
에서 살아남았지만, 그러나 그것은 살아남은 대
부분의 직원들이 그런 것처럼 순전히 운이 좋아
서 그런 것이었다. 실력 때문이 아니라 운 때문에
살아남았다는 것은 언제인지 모르지만 곧 운 때
문에 죽어나갈 수도 있다는 걸 의미했다. 그리고
그 경우에는, 운 때문에 살아남으면서도 모른 체
가만히 있었으니까 운 때문에 죽어나가는 경우에
도 말없이 순종해야 한다는 걸 의미했다.

　말하자면 삼십 대 후반에 접어든 당신에게 내
려진 지방 근무 발령은 일종의 시험이었다. 우리
를 시험에 들게 하지 마소서, 하고 기독교인들은
기도한다. 이때 시험은, 기독교 내부의 용례에 의
하면, 테스트와 유혹을 동시에 가리키는 용어다.
테스트는 신으로부터 오고 유혹은 악마로부터 온
다. 신은 호의적인 동기를 가지고 있고, 악마는 악
의적인 동기를 가지고 있다고 흔히 말한다. 시험
에 들지 않는다는 것은 테스트를 통과하고 유혹
에 빠지지 않는 상태를 가리킨다. 당신은 통과해
야 할 테스트인지 빠지지 말아야 할 유혹인지 가

늠하기가 쉽지 않은 상태에서 지방 근무 발령을 받을 것인지 말 것인지를 선택해야 했다. 회사의 결정을 받아들이지 않을 때 회사가 당신에게 다른 대안을 제시해 보여줄 거라고 기대할 수 없는 상황에서 당신이 선택할 수 있는 길은 지극히 제한적일 수밖에 없었다. 회사는 약 반년으로 예정된 항구 도시 H지사의 개설 프로젝트를 제안했다. 경험 있는 본사 직원이 참여해야 한다는 대의에 늦어도 반년이면 본사에 복귀할 수 있다는 약속이 주어졌지만, 명분을 앞세운 구조조정의 한 방식이라는 분위기가 더 강했다. 설령 쫓아내기 위한 수순이라는 인상을 받았다고 해도, 아니 그렇기 때문에 더욱 거부하기는 어려웠다. 회사의 결정을 받아들이지 않으려면 당장 회사를 떠날 각오를 해야 했다. 당신은 회사를 떠나서 할 일이 무엇인지를 생각해보았다. 목돈을 받고 회사를 떠난 선배들이 투기꾼들 꼬임에 넘어가 퇴직금을 다 날리거나 통닭집이나 제과점을 내놓고 시들시들 늙어가는 모습이 떠올랐다. 자신이 없었다.

다음으로 고려한 것은 아내와의 관계였다. 그

즈음 당신은 아내와 몹시 아슬아슬한 상태를 유지하고 있었다. 언제부터라고 딱히 말할 수 없지만 당신과 당신의 아내는 거의 말을 하지 않고 지냈다. 꼭 해야 할 말만 하고 보내는 날이 많아졌는데, 말을 많이 할수록 할 말이 많아지는 법, 두 사람 사이에 꼭 해야 할 말이 점점 없어져갔으므로 나중에는 한마디도 주고받지 않은 채 일주일씩, 이 주일씩 지내는 일이 불편하거나 이상하지 않게 되었다. 당신의 아내가 대학원에서 상담 심리학을 전공하고 한 여성단체에서 상담원으로 일한다는 사실을 염두에 두면 정말 이해하기 힘든 일이었다. 그녀가 주로 상담하는 내용이 부부 문제라는 걸 안다면 더욱 그렇다. 아내가 상담하는 걸 한 번도 본 적이 없다는 게 위안이라고 할 수 있을까. 당신은 당신과 아내가 서로를 미워하는지조차 알 수 없었다.

그리고 그런 상태가 서로를 미워하는 것보다 한층 나쁘다는 일반의 시각에 대해서도 알고 있었다. 그러나 나쁘다는 건 어떤 기준으로 나쁘다는 것일까? 관계의 회복을 지향점으로 삼을 때,

즉 두 사람이 멀어지기 전의 상태를 최선으로 상정하고 그곳으로 돌아가는 것을 지상 목표로 삼을 때 그 말은 맞다. 그리고 대개의 담론들이 그 기준에 의해 이루어진다. 그러나 그 기준은 유일한 기준이 아니라 여러 개의 기준들 가운데 하나에 지나지 않는다는 생각을 당신은 하고 있다. 기준을 달리 세우면 평가도 달라진다. 당신은 말을 하지 않고 지낸다고 해서 부부 사이가 나쁜 것은 아니라는 식의 판단을 애써 주입했다. 사실 별로 불편하지도 않았다. 불편하지 않은 터에 나쁘다고 할 수 있는가?

그러나 H시로 움직일 것인가 말 것인가를 결정해야 하는 순간에 아내와의 관계가 고려의 대상으로 떠올랐다는 것은, 표면적인 무신경과는 달리, 당신의 무의식이 그 문제를 매우 민감하게 의식하고 있었다는 표시라고 할 만하다. 당신의 기억은 몇 달 전의 아내의 여행을 고발이라도 하듯 꺼냈다. 아내는 당신에게 아무 의논도 하지 않고, 당연히 허락도 구하지 않고, 일방적으로 통보만 하고 처가가 있는 C시에 갔다. 아내는 사흘간 집을 비웠다. 당신은 애써 아무렇지도 않은 체했지만, 그것은 당신이 상처받지 않기 위해서였지 정말로 아무렇지도 않아서가 아니었다. 기억의 고발은 받아들여졌다. 당신은 어떤 식의 변화인가가 필요하다는 판결을 내렸다. 고이지 않으려면 흐르기라도 해야 했다. H시는 그런 과정을 통해 당신에게 수용되었다. 어쩔 수 없는 H시행을 받아들이기 위해 당신이 개발한 그럴듯한 자기 합리화였다고 할지라도 당신의 판결이 그른 것은 아니다. 당신에게 변화가 필요한 것은 사실이었다.

11

　H시로 근무지를 옮기기로 결정하고 의사를 타진했을 때 당신의 아내는 단호히 손을 내저었다. "나는 안 가요." 당신은 아내의 반응을 예상하고 있었으므로 당황하지 않았고 화를 내지도 않았

다. 오히려 순순히 당신을 따라가겠다고 했다면 당황했을 것이다. 그것은 예상하지 못한 사태였을 테니까. 당신 역시 아내와의 동행을 원하지 않았다. 당신과 당신의 아내는 언젠가부터 상대가 예상하고 있는 반응만을 보임으로써 서로를 당황시키지 않는다.

12

H시에 도착한 첫날 오후에 당신은 기차역에서 걸어 나오며 전화를 걸었다. 마치 전화를 걸기로 약속이라도 되어 있는 것처럼 자연스러운 태도였다. 그러나 실은 그렇지 않았다. 당신은 연결이 되면 좋고, 그렇지 않아도 어쩔 수 없다는 식의 느슨한 생각을 하고 있었다. 당신이 가지고 있는 전화번호는 한 번도 연결을 시도해본 적이 없는 번호였고, 그러니까 연결이 될 수나 있는 것인지가 불명확했고, 또 연결이 된다고 해서 무얼 어떻게 할

수 있는지도 확실하지 않았다. 막연한 기대가 가슴 한 부분에서 작은 소용돌이를 만들고 있기는 했다. 그뿐이었다. 하지만 그건 순전히 우연이었다. H지사의 발령을 받아들이는 데 그 전화번호가 어떤 작용도 하지 않았다는 건 분명하다.

사정은 이렇다. 직장을 옮기기로 작정했을 때 당신은 그 도시에 혹시 작은 연고라도 있는지 더듬었다. 물론 아무 연고도 찾을 수 없었다. 그곳은 당신에게는 매우 낯선 곳이었다. 그런데 어느 순간, 수천 년의 세월을 몸에 두르고 있는 낡은 석조 건물들을 어루만지던 색색의 빛들이 떠오르고, 수천 년의 세월의 깊이에서 길어 올려진 듯한 여러 겹의 소리가 들리고, 그리고 그 빛과 소리 사이로, 그 빛과 소리의 영혼인 양 은밀하고 달콤하다고 당신이 기억하는 나지막한 한 여인의 목소리가 공기 속에 가득 차올랐다. 그것은 신호였고, 신호라고 이해했고, 당신은 그 신호를 받아들였다. 신호라는 걸 인식한 이상 받아들이지 않을 이유가 없다고 당신은 생각했다. 당신은 곧장 정리가 되지 않아 너저분하기 짝이 없는 서재(라기보다 당신의 침실이라고 해야 하겠지만)의 이곳저곳을 뒤졌다. 몇 권의 책과 우편물과 언제 어디서 찍었는지 알 수 없는 사진들과 필기구들과 여기저기서 받은 명함들과 여행용 스킨 로션과 스테이플러와 휴대용 계산기와 물이 들어가 못 쓰게 된 전자수첩과 신용카드 영수증들이 뒤죽박죽 섞여 있는 책상 위에서 당신은 욱스말의 팸플릿을 찾아냈다. 팸플릿 속에는 공중에서 찍은 피라미드 사진들이 여러 장 실려 있었다. 사라진 문명의 영욕의 신화들을 영어로 소개하고 있는 팸플릿의 표지 안쪽에 한 여자의 이름과 전화번호가 오래된 추억처럼 적혀 있었다. 전체적으로 둥글게 말려 들어가는 형태의 필체는 그녀의 것이었다.

당신은, 망설임 끝에 H시를 선택한 결정에 혹시 이 전화번호가 어떤 작용을 하지 않았을까 곰곰이 생각해보았다. 물론 당신은 곧 고개를 저었다. 무의식의 작용까지를 감안해서 스스로를 피의자로 만들 필요를 느끼지 않았다. 그 대신 당신이 발령 받고 가려고 하는 곳이 하필 그녀가 살고 있는 H시인지, 그 우연한 겹침에 대해서 당신은 더 많이 생각했다. 그녀와의 조우를 보조하기 위해 어떤 보이지 않는 섭리가 H시로 발령을 내렸다는 식의 비약이 당신을 격려했다. 근거 없는 부추김이라는 의혹이 고개를 들었지만 당신은 그 목소리를 애써 외면했다. 당신은 신비주의로의 경사를 굳이 제어해야 한다고 생각하지 않게 되었다. 그녀에게 전화를 걸어야 할 명분을 확보한 것이다.

욱스말에서의 은밀하고 달콤한 목소리가 떠올랐을 때 당신이 그것을 신호로 받아들이고 날렵하게 반응한 것은 우연의 겹침에 대한 신화에 당신이 상당히 익숙해 있다는 사례일 수 있다. 사랑은 우연을 없으려는 의지라고 밀란 쿤데라는 말한다. 왜냐하면 우연이 그 사랑에 숙명적인 성격을 주입하기 때문이다. 대부분의 그럴듯한 경구들이 그런 것처럼 이 말은 그리 독창적인 것은 아니다. 이 작가는 세상에 존재했거나 지금 존재하고 있거나 앞으로 존재할 모든 연인들의 평범한 생각을 대변한 것에 지나지 않는다. 그런 점에서 보면 그는 너무 일찍 말했거나 너무 늦게 말했다.

당신 역시 그 생각에 동의한다. 당신은 우연이 여러 겹 중첩될수록 사랑의 숙명성 역시 증가한다고 믿는다. 여기서 사랑의 숙명성이란, 누군가에게 이끌리는 당신의, 이해받기 어려운 감정 상태를 이해받을 수 있는 것으로 돌려놓기 위해 초대되어야 하는 일종의 명분, 또는 구실이다. 숙명은 피할 수 없는 것이라는 정의에 당신은 기꺼이 기댄다. 더 많은 우연의 중첩은 더 많은 명분이고 구실이다. 더 많은 우연의 중첩이 요구되는 상태는 더 많은 명분과 구실을 필요로 하는 상태이고, 그것은 곧 그만큼 이해받기가 어려운 상대를 향해 사랑의 감정을 느끼고 있다는 뜻이다.

13

대개의 사랑이 오해(고전적인 장르의 예술에서 흔히 환상이라고 돌려서 말해진)에서 비롯된다는 사실을 당신은 알지 못한다. 아니, 당신의 무지는

오해에 근거하고 있다. 사랑에 빠져 있다는 오해,
즉 환상이 사랑을 시작하게 하는 근원적인 힘인
오해의 정체를 인식하지 못하게 한다.

14

이제 다시, 그녀를 처음 만난 시간으로 이야기
를 돌려보자. 카리브해의 바다와 마야의 피라미
드. 당신은 여행 중이었다. 당신은 종합상사에 근
무하고 있었다. 종합상사는 팔 물건과 지역을 가
리지 않는 것이 특성이다. 특히나 당신이 몸담고
있던 회사는 에스키모들에게도 냉장고를 판다는
신화를 만들어냈을 정도로 공격적인 경영으로 유
명했다. 일정은 강행군이었다. 날씨는 더웠고, 경
유해야 하는 지역은 많았다. 나흘째 되는 날 주말
이 끼어 있어서 망정이지 그렇지 않았다면 아마
병이라도 났을 것이다. 실제로 당신과 동행한 오
십 대 중반의, 평소 고혈압 증세가 있다며 계란 노

른자도 골라내고 먹는 상무이사는 일정이 빈 토요일 오후에 고열과 복통과 가슴이 조이는 듯한 통증을 호소하며 호텔방에 누워버렸다. 그는 준비해온 약상자를 열어 꽤 여러 종류의 알약을 털어 넣고는 다시 일을 시작해야 하는 월요일 아침까지 마냥 잠을 잘 테니까 깨우지 말라고 했다.

이국 땅, 낯선 도시에서 맞은 주말 저녁을 호텔방에서, 그것도 나이 많은 직장 상사가 인상을 잔뜩 찌푸리고 누워 있는 침대 옆에서 무료하게 보낸다는 것은 당신 자신과 그 도시와 주말을 모욕하는 일만 같았다. 당신은 관광 팸플릿을 뒤적거려 바닷가로 가는 길을 대충 익힌 다음 옷을 가볍게 차려 입고 호텔 밖으로 나왔다. 상사는 이미 잠이 든 다음이었다. 항공권 예약을 도와주었던 현지 여행사 직원은 도시의 치안을 염려하며 해가 진 다음에 혼자 돌아다니는 것은 위험하다고 충고했다. 당신은 그 충고가 조금 마음에 걸렸지만 그러나 당신 자신이 모욕당하는 기분을 견디고 싶지 않았으므로 기꺼이 도시의 위험 속으로 몸을 밀어 넣어보기로 했다.

밤이 되었는데도 바다에서 불어오는 바람에는 더운 기운이 묻어 있었다. 밤공기는 끈적끈적하고 후끈후끈했다. 낡은 자동차들이 내뿜는 매연 때문인지 덜 말린 목초를 억지로 태우는 것 같은 냄새까지 났다. 거리는 어두웠다. 지나가는 사람도 많지 않았다. 당신은 가끔 호흡을 멈췄고, 가끔 코를 막았다. 얼마 걷지 않아 비교적 번화한 거리가 나타났다. 검은 피부의 청년들이 부딪칠 듯 다가와 당신에게 말을 걸었다. 당신은 그들이 술집이나 야릇한 쇼를 하는 무도장의 호객꾼이라는 걸 알고 있었으므로 대꾸를 하지 않고 앞만 보고 걸었다. 반응을 보이지 않으면 청년들은 한두 마디 더 붙여보다가 알아들을 수 없는 말을 중얼거리며 어둠 속으로 몸을 숨겼다. 그러나 몇 발짝 가지 않아 다른 청년들이 나타나 발길을 붙잡았다. 당신의 걸음은 저절로 빨라졌다. 호기심과 긴장감이 당신의 내부를 출렁이게 했다.

　당신은 해안으로 가볼 생각이었다. 낮에 차를 타고 지나오면서 해안을 따라 길게 늘어선 방파제와 그 위에 걸터앉은 젊은이들을 보았다. 옷통을 벗어부친 남자들과 짧은 치마 차림의 여자들은 환하게 웃었고, 큰 소리로 이야기를 나누었고, 더러는 끌어안고 있었고, 그러다가 키스를 했고, 그러다가 허리를 흔들며 춤을 추었다. 햇빛은 그들의 건강한 청동빛 피부 위에 자잘하게 부서졌다. 아주 먼 수평선에서부터 달려온 씩씩한 파도는 그들의 발아래를 핥았다. 햇빛도 파도도, 그리고 햇빛과 파도를 거느리고 있는 젊은이들의 몸도 표정도 거침이 없었다. 당신은 아름다움에 대해 잠깐 생각했다. 아름다움은 거침없는 것이라는 생각을 했고, 거침없음은 젊음의 표징이라는 생각도 했다. 나이가 들면 거침없기가 어렵고, 나이가 들지 않을 때는 거침없지 않기가 어렵다. 나이가 들면 아름답기가 어렵고 나이가 들지 않을 때는 아름답지 않기가 어렵다. 문득 당신은 서른일곱 살을 앞두고 있다는 걸 상기했다. 평균 수명이 일흔을 훌쩍 넘긴 현실을 감안하면 서른일곱은 그다지 많은 나이라고 할 수 없었다. 그렇다고 젊다고 할 수도 없었다. 가령 당신은 방파제 위의 청동빛 피부를 가진 청년들처럼 누가 보든 말든 거리낌 없이 여자를 끌어안고 키스를 할 수 있을 것 같지 않았다. 설령 새로운 사랑이 찾아 와서 사랑의 자장 안에 들어가게 된다고 해도 그 것은 불가능할 것 같았다. 서른일곱 살의 사랑은 불가피하게 은밀할 수밖에 없다는 쪽으로 마무리 짓는 당신의 생각을 당신은 연민에 가득 찬 눈길 로 바라보았다. 그것은 예감과도 같은 것이었다. 젊음이나 늙음에 대한 인식이 자각적이고 또 상 대적인 것이라고 한다면, 서른일곱이라는 자연의 나이와 상관없이 젊음의 거침없음의 아름다움을 그저 부러워하는 당신은 이미 젊다고 할 수 없었 다. 젊지 않다면 늙은 것이다. 서른일곱의 늙은이 라니. 그런데 당신은 정말로 늙었는가. 그 질문에 그렇다고 선뜻 대답하기가 또 쉽지 않았다. 그것 은 아직 포기할 수 없는 목록들을 가지고 있다는 뜻일 수 있었다. 써먹지도 못할 패를 버리지도 못 하고 있는 어리석음이라고 해야 할까. 그즈음의 당신의 심정은 초조감과 의기소침에 지배되어 있 는 상태였다. 그런데도 그 해안에 가서 젊은이들 을 보고 싶어진 것은 일종의 관음증 성향이라고 할 수 있었다. 직접 행위하는 대신 다른 사람의 행위를 훔쳐봄으로써 직접 행위에 따르는 만족감을 빌리려는 관음의 심리 상태는 변태성욕의 증세라기보다 노화에 대한 자각 징후라는 편이 더 그럴듯하다.

해안 쪽이라고 추측되는 방향으로 한참을 걸었는데도 방파제는 나타나지 않았다. 후텁지근한 바람 속에 바다 냄새가 묻어 있었지만 바다는 모습을 드러내지 않았다. 하기야 바다 냄새는 도시 전체에 퍼져 있었다. 초조해진 당신은 호객 행위를 하며 접근해온 젊은 남자에게 해안으로 가는 길을 물었다. 그러나 청년은 당신이 사용하는 영어를 알아듣지 못했고, 당신은 그 남자가 사용하는 그 나라 말을 알아듣지 못했다. 바닷가로 가는 길을 알려주는 대신 젊은이는 두 손으로 볼륨 있는 여자의 곡선을 그려 보이며 엄지손가락을 펴 보였다. 당신은 머리를 흔들고 손을 내저었다. 그러나 한번 말을 붙인 것을 관심의 표시로 받아들였는지 젊은이는 떨어질 생각을 하지 않고 끈질기게 달라붙었다. 건들거리며 몸을 툭툭 부딪칠 때는 조금 두려운 생각도 들었다. 당신은 주변을 둘러보았다. 당신은 방파제까지 가보고 싶다는 욕망을 가지고 있었지만, 당장은 무슨 짓을 할지 알 수 없는 귀찮은 호객꾼을 떼어내는 것이 급하다는 판단을 하기에 이르렀다. 당신은 걸음을 빨리 했고, 주변을 둘러보았다. 건너편의 푸른 불빛을 내쏘는 간판에서 카페cafe라는 글자를 발견했다. 당신은 푸른 간판 밑으로 들어갔다.

15

실내는 어두웠고 시끄러웠다. 그 나라 특유의 빠른 리듬의 음악이 테이블과 테이블 사이를 쿵쾅거리며 뛰어다녔다. 사람들은 자리에 앉거나 서 있었다. 앉은 사람들은 대개 술을 마시고 있었고, 선 사람들은 거의 춤을 추고 있었다. 춤을 추고 있는 사람들은 대부분 젊은 여자들이었다. 그들은 테이블과 테이블 사이에 서서, 혹은 맥주잔을 손에 들고, 혹은 담배를 입에 문 채로 주로 상체를 활처럼 휘어가며 놀라울 정도로 부드러운 곡선을 만들어내고 있었다. 귀퉁이에서는 한 쌍의 남녀가 서로의 몸속으로 파고들기라도 하려는 듯 바싹 붙어 서서 매우 관능적으로 춤을 추고 있었는데, 몸놀림보다 더 관능적인 것은 상대방의 몸에 달라붙는 그들의 끈적끈적한 눈빛이었다. 그런 분위기를 기대한 것이 아니었으므로 출입문을 잡고 서서 당신은 잠깐 주춤했다. 아마 서울이었다면 생각할 필요도 없이 문을 닫고 돌아섰을 것이다. 그러나 당신은 낯선 도시에 있었고, 당신의 등 뒤에는 따돌려야 할 호객꾼이 되돌아 나오기를 기다리고 있을 거라고 당신은 생각했다. 사실을 말하면 호객꾼은 그가 되돌아 나오기를 기다리고 있었던 것은 아니었다. 지레 그렇게 짐작한 것뿐이었다. 상황에 대한 인식이 충분하지 않은 당신으로서는 어쩔 수 없는 일이었다. 어쨌거나 호객꾼을 피하고 싶은 의욕이 맨 앞에 있었으므로 당신은 카페 안으로 몸을 밀어 넣었고, 빈자리를 차지하고 앉아 맥주를 시켰다. 마침 목이 마

르던 참이라는 구실이 그 카페의 소란스러움을
받아들일 수 있게 했다.

맥주를 한 모금 마시고 막 잔을 입에서 떼어놓
았을 때, 테이블 사이에서 춤을 추던 두 명의 여자
가 당신이 앉아 있는 테이블 쪽으로, 흐느적거리
는 몸의 움직임을 그대로 유지한 채, 은밀하게 다
가왔다. 한 여자의 손에는 불이 붙은 담배가 들려
있었고, 다른 여자의 손에는 반쯤 채워진 맥주잔
이 들려 있었다. 그들은 당신의 테이블 양쪽에 서
서 부드럽고 유연하게 춤을 추었다. 몸이 활처럼
뒤로 휘어졌다가 말굽자석처럼 앞으로 구부러졌
다. 그들은 당신에게 말 걸지 않았고, 쳐다보지도
않았고, 동작을 멈추지도 않았다. 다만 춤을 추는
데만 열중할 뿐이었다. 당신은 그들이 춤을 추기
위해 존재하는 것 같다는 느낌을 받았다. 그들에
게는 춤이 거의 유일한 자기 표현의 방법일 거라
는 생각도 들었다. 하기야 방파제 위에서도, 길거
리에서도 이 도시의 젊은이들은 그렇게 춤을 추
고 있었다. 〈I was made for dancing〉이라는 오
래된 팝송 제목이 떠올랐다. 그들에게 온전히 속

한 유일한 자산이 몸이라는 것, 자기를 표현하기 위해 활용할 수 있는 것이 몸밖에 없다는 생각은 여행자인 당신의 어떤 선입견, 그리고 그것에 근거한 피상적인 감상에 지나지 않을지 모른다. 그런 감상과는 상관없이 춤을 추는 젊은이들의 표정과 몸동작은 너무나 근사하고 자연스러워서 순진무구해 보이기까지 했다. 몸 말고, 몸보다 더 잘 자기를 표현할 수 있는 것이 무어란 말인가, 라는 생각을 저작하고 있는데, 어느 순간 손을 들어 여자의 볼록한 엉덩이를 만져보고 싶은 욕구가 문득 생겨났다. 다른 사람은 눈치채지 못했겠지만 실제로 당신의 오른손이 탁자 위에서 움찔했다. 그러나 그것은 관능의 출렁임과는 관계없는 욕망이었다. 시각을 갖지 못한 손이 눈을 시샘하는 것과 같은 현상이 그때 일어났다고 할 수 있을까. 예컨대 당신은 미학적인 것에 이끌렸다. 눈앞에서 꿈틀거리는 젊은 여자의 육체가 전혀 육감적이지 않다는 것은 신기하기도 하고 쓸쓸하기도 했다.

맥주잔을 든 채 춤을 추던 여자가 당신 앞에 잔을 내려놓았다. 잔이 비어 있었다. 올려다보는 당신의 눈빛에 대고 그녀가 짧게 웃었다. 당신은 그녀의 잔에 맥주를 채웠다. 여자는 고맙다는 말도 없이 잔을 들고 한 모금 마셨다. 그러면서도 춤 동작은 흐트러지지 않았다. 담배를 들고 있던 여자가 당신의 팔을 잡아 일으키려 했다. 말을 하지 않았지만, 그리고 물론 말을 해도 알아듣지 못했겠지만, 당신은 그녀가 춤을 권하고 있다는 걸 짐작할 수 있었다. 당신은 손을 저어 사양의 뜻을 표시했다. 당신은 몸을 이용한 그런 식의 자기 표현에 익숙하지 않았다. 생각해보면 무엇을 이용해서든 자기 표현을 잘하면서 살았던 것 같지 않았다. 저들은 몸 말고는 다른 활용 수단이 없어서 몸으로 자기를 표현한다고 당신은 조금 전에 생각했다. 그렇지만 정작 당신은 자기 표현의 도구로 몸조차도 가지지 못했던 것이 아닌가. 어쨌든 그들은 무엇인가를 이용하여 자기를 표현하지 않은가. 당신은 그들을 연민할 처지가 아닌데도 연민의 감정을 가지려고 했던 조금 전의 당신이 무안했다. 타인을 연민하는 것은, 자신에게로 향하는 연민을 차단하는 가장 효과적인, 그러나 교활한 수단이라는 걸 당신은 알고 있었다. 예컨대 자신을 지키기 위해 당신은 타인을 동정한다. 당신이 애처로워지지 않기 위해 누군가가 애처로워야 하는 것이다. 여자는 강요하지 않았다. 당신이 손을 흔들자 팔을 놓았고, 제 흥에 취한 춤 동작을 계속했다.

거기까지는 괜찮았다. 말은 하지 않았고, 하려고 하지 않았고, 할 필요가 없었고, 그래도 소통에 불편을 느끼지 않았다. 하려고 하지 않은 것은 할 필요가 없었기 때문이었다. 춤이 있었으니까. 춤은 말을 거의 완벽하게 대행하는 것처럼 보였다. 그러나 말을 하려고 하는 순간, 말에 의존하려고 하는 순간, 소통에 문제가 발생했다. 손과 얼굴을 요란하게 흔들며 나타나 앞자리에 털썩 엉덩이를 부리고 앉는 검은 피부의 남자를 당신은 어이없는 눈빛으로 바라보았다. 피해서 들어온 그 호객꾼 젊은이였다. 당신은 상황에 대한 설명을 누군가 해주기를 바라는 마음으로 주변을 둘러보았다. 그러나 옆의 여자들은 여전히 춤에 몰두해 있었고, 다른 사람들은 무관심했다. 당신은 그 젊은

이를 혼자 상대해야 했다. 눈빛이 불안한 검은 피부의 젊은이는 몸을 앞으로 구부려 거의 닿을 듯 가까이 얼굴을 대고 무슨 말인가를 쉴 새 없이 했다. 때때로 춤추는 여자들을 가리켰고, 가끔 당신의 가슴을 손가락으로 짚었고, 주변을 둘러보았고, 바깥을 힐끗거리기도 했다. 젊은이는 앉아서도 몸을 건들거렸다. 그의 빠른 말을 알아듣는다는 것은 곤란했고, 현란한 손놀림을 통해 어렴풋이 짐작할 수 있을 것 같긴 했지만, 그러나 어디까지나 짐작에 지나지 않았다. 답답한 당신은 영어를 할 줄 아느냐는 질문만 반복했다. 젊은이는 당신의 말을 알아듣지 못했다. 당신은 손을 내저으며 자리에서 일어나려고 했다. 그자를 피해 들어온 카페에서 그자를 만났으니 다시 나가는 것이 마땅했다. 남자가 일어서려는 당신의 팔을 붙들었다. 그 팔에 의외의 힘이 느껴졌다. 정수리로 뜨거운 기운이 올라왔다. 당신은 위기를 느꼈다.

그 순간에, 안쪽 테이블에 앉아 있던 한 동양인 여자가 계산을 마치고 밖으로 나가다가 당신의 곤경을 눈치챘다. 아마도 그녀는 영어 할 줄 아는 사람 없느냐는 당신의 말을 들었을 것이다. 아니면 같은 피부의 동양인을 만난 반가움과 당신의 표정에서 읽어낸 곤혹스러움이 연유였을까. 그녀는 발걸음을 돌려 당신의 테이블로 다가왔고, 한국인이냐고 물었다. 당신은 적지에서 동지를 만나기라도 한 것처럼 안도감을 느꼈다. 당신이 그렇다고 대답하자 그녀는 흑인 남자를 향해 무슨 말인가를 했다. 그러고는 한국말로 당신에게 통역했다. "이 여자들 중 한 명을 데리고 밖으로 나갈 의사가 있느냐고 묻는군요. 마음대로 고를 수 있답니다. 밖에 자기 방이 있대요. 이자는 포주예요. 아마 자기 집에 여러 개의 방을 만들어 가지고 있을 거예요. 그리로 당신과 여자를 데리고 가겠지요. 흥정하시겠어요?" 여자는 매우 건조한 어투로 비교적 빠르게 말을 이었다. 흥정을 원한다면 통역해줄 의사가 있다는 뜻을 전하고 있었지만 그러나 민감한 당신은 그녀의 어투에 경멸기가 배어 있다는 것을, 경멸기를 교묘하게 잘 숨기고 있어서 거의 표시가 나지 않았는데도, 어렵지 않게 감지할 수 있었다.

그런 정도의 뜻일 거라고 막연히 짐작은 하고 있었지만, 막상 이국에서 만난 동족, 그것도 여성의 통역을 통해 그 말을 전해 듣자 당신은 좀 당황스러웠다. 마치 당신 자신이 여자를 사기 위해 흥정이라도 하고 있다가 아는 사람에게 들킨 것처럼 얼굴이 화끈거렸다. 묘한 상황이었다. 당신은 서둘러, 마땅히 그래야 하는 것보다 좀 더 큰 목소리로 그런 게 아니라고 부정했다. 그녀는 춤추는 여자들을 한번 훑어본 다음 남자에게 당신의 뜻을 옮겼다. 남자가 무슨 말인가를 다시 했고, 여자는 빙그레 웃으면서 당신을 향해 고개를 돌렸다. "이 작자가 말하기를, 그럼 자기를 원하느냐는데요?" 당신은 아까보다 좀 더 단호하게 고개를 저었다. 그럼 어떻게 할 거냐는 듯한 표정으로 그녀는 당신을 바라보았다. 무엇 때문인지 당신은 그녀에게서 덤덤한 기운을 느꼈다. 이왕의 반가움이나 경멸기 같은 것은 덤덤한 표정 뒤로 사라지고 없었다. 처음부터 잘못 보았을 수도 있다는 생각까지 들었다. 아무튼 당신은 그 낯선 동포 여성에 대해 약간 혼란스러운 감정을 느꼈다. 여자들은 이제 더 이상 춤에만 몰두해 있지는 않았다. 당신과 그녀와 남자의 얼굴을 번갈아 쳐다보며 자기들끼리 눈짓을 교환하곤 했다. 흑인 남자가 그들에게 짧게 무슨 말인가를 했다. 그녀는 이제 자기가 할 일은 다 했으니 알아서 하라는 듯 더 말하지 않고 출구 쪽으로 걸어갔다. 당신은 갑자기 다급해졌다. 잠깐만요, 소리를 지르고, 서둘러 계산을 하고 그녀를 쫓아 밖으로 나갔다.

16

말을 하려고 하는 순간, 말에 의존하려고 하는 순간, 소통에 문제가 발생했다는 이야기는 아까 했다. 당신은 몸의 직접성에 의존한 소통의 기능을 신뢰하지 않는 편이었다. 당신이 판단하기에, 몸을 소통의 수단으로 이용하는 것은 본능적이고 야만적인 것이었다. 그것은 말이라는 효과적인 의사소통 수단을 알아내기 전의 인간 종족이 사용하던 원시적인 도구에 지나지 않았다. 당신이 생각하는 가장 우월하고 이상적인 소통의 수단은 말이었다. 말을 사용하게 되면서 인간은 몸이라는 불완전한 도구를 이용하여 자신의 의사를 전달하는 수고를 하지 않게 되었다. 비논리적이고 불명확하고 두루뭉술하고 오해의 여지가 많은 몸의 약점을 극복하기 위해 고안된 것이 말이었다. 그런 생각의 바탕에는 춤과 운동을 비롯한 일체의 몸동작에 대한 당신의 유서 깊은 열등감이 자리하고 있다. 중고등학교 시절, 아침에 등교하면서 체육시간에 줄곧 비가 내려주기를 빌었다든지 이십 대를 지나오면서도 무도장엘 한 번도 가보지 않았다는 회고담은 몸에 대한 당신의 무의식적인 거부감이 어느 정도인지를 가늠하게 한다. 당신은 스스로를 '몸치'라고 불렀다. 타인들은 그 이름을 수정해주지 않음으로써 당신의 판단을 추인했다.

몸에 대한 당신의 그런 거부감은 섹스에 대한 태도에도 영향을 미쳤다. 당신은 결혼 전에도 그랬거니와 결혼 후에도 여자와 알몸의 상태로 잠자리에 들어가는 일이 늘 어색하고 서툴렀다. 성욕이란 것이 없었다는 건 아니다. 성욕은 성욕대로 있었지만 그것을 해소하기 위해서 몸을 써야한다는 사실이 당신을 언짢고 불편하게 했다. 언제나 그런 건 아니지만, 대체로 성욕을 해소하기위해 사용해야 하는 몸놀림(그 짐승스러움!)은 수치심과 자괴감을 불러일으켰다. 그래서 움직이기가 저어되었고, 자연히 여자와 잠자리에 들기가꺼려졌다. 당신의 아내는 가끔 오해했다. 몸을 통한 의사소통의 가능성에 당신이 그렇게까지 야박한 데는 그런 연유가 있었다. 그러나 당신의 굳은생각은 이국땅에서 허물어졌다. 당신은, 몸은 알아들을 수 있었으나 말은 알아듣지 못했다.

17

당신이 카페 문을 열고 나왔을 때 간판 아래 비스듬히 서서 그녀는 담배에 불을 붙이고 있었

다. 당신이 다가가자 그녀는 걸음을 옮겼고, 당
신은 쭈뼛거리며 그 뒤를 따라갔다. 밤공기는 여
전히 끈적끈적했지만 아까보다는 약간 서늘해
져 있었다.

시간이 조금 지난 후에 당신은 그녀에게 물었
다. "그때, 나를 기다렸나요?" 그녀는 배시시 웃으
며 어땠을 것 같아요? 하고 되물었다. 당신은 기
다렸다고 생각하는 게 유리할 것 같다고 대답했
다. 그녀는 그럼 유리한 쪽으로 생각하라고 말했
다. 그러고는, 나는 바닷가에 가고 싶었어요, 그런
데 너무 늦은 시간이라 혼자 갈 수가 없었어요, 하
고 덧붙였다. 당신은 머쓱해져서 뒷머리를 쓰다
듬었다.

그녀는 당신에게 왜 나를 따라왔나요? 하고 묻
지 않았다. 그녀가 묻지 않았으므로 당신은 스스
로 질문을 던졌다. 그리하여 그녀가 카페 안의 묘
한 상황 때문에 당신을 오해하고 있을 거라고 생
각하고, 오해를 풀어주어야 한다고 생각하고, 그
러기 위해서는 그녀를 뒤따라갈 수밖에 없다고
생각함으로써 그녀를 뒤따라가는 자신의 당당하

지 않은 행동을 정당화했다. 그러나 사실 그럴 필요가 없었던 것이다. 한 발짝 떨어진 거리에서 일정하게 뒤를 따랐으므로 그녀는 당신이 따라오는 걸 모를 수 없었다. 그러면서도 제지하지 않았다. 그녀는 해안에 가야 했고, 그러나 혼자 갈 수가 없었고, 마침 만난 한국인 남자의 동행이 필요했던 거라고 할 수 있었다. 그녀의 목적지가 기왕에 당신이 가려고 했던 목적지와 같다는 것은 당신의 쑥스러운 행동을 정당화하는 또 다른 구실로 작용했다. 당신이 가기를 원했던, 그러나 가지 못했던 해안의 방파제로 그녀가 안내한 셈이었다. 그러니까 당신과 그녀는 서로를 이용했다고 할 수 있었다. 해안에 이르렀을 때, 당신이 고맙다는 말로 첫마디를 꺼낸 것은 그 때문이었다. 뭐가 고맙다는 거냐는 식의 질문은 돌아오지 않았다. 따라서 당신은 좀 쑥스러워졌고, 무슨 말이든 하지 않으면 더 쑥스러워질 것 같아서, 거기다가 가만있으면 기왕에 받고 있는 오해에 새로운 오해가 추가될 것 같은 걱정이 생겨서 그 카페에서 여자를 사려고 했던 건 아니라고, 더듬더듬 변명을 했다.

하다 보니까 공연한 자격지심으로 스스로를 희화화시키고 있는 것 같아 기분이 상했다. 여자는 관심도 없다는 듯 아무 대꾸도 하지 않았다. 방파제 너머로 눈부시게 하얀 달빛이 부서지고 있는 바다만 망연히 바라보고 있었다.

제법 선선한 바람이 불고 있는 그 바닷가의 공기 속에는 일단의 젊은이들이 짝을 지어 껴안고 있고 기타에 맞춰 노래를 부르고 있고 큰 소리로 이야기를 나누고 있었다. 낮의 풍경과 밤의 풍경이 다르지 않다는 것이 특별한 인상을 갖게 했다. 당신과 그녀는 돌기둥에 기대어 애인의 입술을 빨고 있는 남녀들 곁을 지나갔다. 해안 길을 따라 세워진 가로등은 어두워서 주변을 잘 비추지 못했다. 그 대신 달빛이 있었다. 둥근달은 바다 위에 빛을 뿌렸다. 달빛은 바다 위에 반짝거리는 하얀 길을 냈다. 바닷물에 반사된 달빛은 그녀의 얼굴에서 부서졌다. 그녀는 달이 만든 바닷물 위의 하얀 길을 홀린 듯 오랫동안 바라보았고, 당신은 문득, 물 위를 걸었다는 이천 년 전의 갈릴리 사람 예수를 떠올렸다. 그때, 예수가 갈릴리 호수 위를 걸은 날은 틀림없이 하늘에 보름달이 떠 있었을 거라고, 보름달이 바다 위에 하얀 길을 만들었을 거라고, 그가 물 위에 내려서자 그 하얀 길이 그의 몸을 받아주었을 거라고, 달빛이 만든 그 길을 따라 호수를 건넜을 거라고 생각했다. 그리고 저 정도라면 예수만이 아니라 누구라도 어렵지 않게 건널 수 있을 것 같다는 생각도 했다. 당신이 참지 못하고 그 말을 입 밖으로 꺼낸 것은, 그녀와의 사이에 형성되어 있는 침묵이 너무 무거웠기 때문이었을까. "저 달빛이 만든 길 위에 올라서면 어딘가로 갈 수 있을 것 같지 않아요?" 그녀는 고개를 돌려 당신을 보았다. 그녀의 눈빛에서 당신은 놀라워하는 기색을 읽었다. 같은 생각을 하는 사람을 만났을 때의 반가움이 놀라움 속에 섞여드는 걸 또한 당신은 읽었다. "어딘가로……." 그녀는 당신이 한 말을 따라하다가 달빛이 만든 바다 위의 하얀 길에 눈을 주고 말했다. "거기가 어딜까요?" 그 말을 할 때 그녀의 목소리는 한없이 깊고 나른했다. 다른 세상에 들어가 있는 사람의 목소리가 저럴까, 싶었다. 어찌할 수 없는 막막함이 목소리에서 운무처럼 피어올랐다. 당신은 그 목소리 안쪽에 도사린 슬픔을 만진 것 같았다. 카페에서의 당당함은 더 이상 찾아볼 수가 없었다. 그녀는 전혀 다른 사람이 되어 있었다. 당신은 그녀의 시선을 따라 달빛이 만든 흰 길을 보았다. 길은 하늘을 향해 길게 뻗어 있었다. 어쩌면 그때 당신은 그녀를 사랑하게 될지 모른다는 예감을 받았는지 모른다. 뜬금없지만, 그 예감은 상당히 맹렬하게 당신의 마음 안쪽을 파고들었다.

"걸어 들어오라고 손짓을 하는 것 같지 않아요?" 그녀가 정말로 물속으로, 혹은 물 위로 걸어갈 것처럼 몸을 앞으로 기울이며 말했다. 당신은 여차하면 그녀의 몸을 붙잡아야 한다고 생각하며 긴장했다. 그러나 그런 일은 일어나지 않았다. 그녀는 갈릴리 호수의 달빛이 만든 길에 대해 이야기했다. 조금 전에 당신이 갈릴리 호수를 떠올린 바 있었기 때문에 당신은 그녀가 그 이야기를 꺼내자 반갑고 신기하게 여겨졌다. 그녀가 같은 생각을 하고 있다는 사실에 고무된 당신은 예수가 그 물 위를 걸었다는 기록이 복음서에 나오지요, 하고 거들었다. 그녀는 갈릴리 호수에 비친 달빛에 대해 당신보다 훨씬 더 잘 알고 있었다. 그도 그럴 것이 만월이 떠 있던 날 그녀는 그곳에 간 적이 있었다. 그녀는 호수변의 한 기브츠에 묵은 적이 있다고 말했다. 호수 건너편은 티베리아시가였는데, 호수에 비친 달빛이 그 도시의 불빛으로 이어져 참으로 길고 눈부신 길을 만들더라고 했다. 이어서 그때 자기도 호수 속으로 걸어 들어가고 싶었다고 고백했다. 물 위를 걸을 수 있을 것 같은 기분이었지요? 하고 당신이 물었다. 그러나 그녀는 당신에게 동의를 표하지 않았다. "물 위를 걸을 수 있을 것 같았던 것이 아니라…… 물속으로 들어가고 싶었다고요. 내 말은, 물속으로……." 당신은 그녀가 당신과 같은 생각을 하고 있지 않다는 사실을 인정해야 했다. 그녀는 바이칼 호수에 비추던 달빛에 대해서도 이야기했다. 차가운 수면 위에서 반짝이던 창백한 달빛의 유혹은 참을 수 없는 유혹이었다고, 거기서도 물속으로 뛰어들고 싶은 충동을 느꼈다고 그녀는 말했다. "그럼 여기는……?" 당신은 어떤 예감에 이끌려 질문을 던졌다. 그러나 질문이 거느리고 있는 불길한 정조에 스스로 놀라 말끝을 맺지 못하고 있는데, 그녀가 스스럼없이 고개를 끄덕였다. "카리브해의 푸른 물 위에 떠 있는 달을 보고 싶었어요. 물이 맑을수록 달빛은 창백하고, 달빛이 창백할수록 길은 뚜렷해요. 물속은 따뜻할까요?" 그녀의 목소리는 물속에서 말하는 것처럼 멍멍했다. 당신은 물속이 따뜻하다니? 하고, 여전히 반토막인 문장으로 명쾌하지 않은 예감을 거느린 궁금증을 표시했다. 그녀는 당신의 얼굴을 한번 쳐다보고는 다시 바다 길에 눈을 주었다. 달빛이 그녀의 얼굴에서 어른거렸다. "물은 멀리 옮겨지며 세월처럼 지나간다. 죽음은 물속에 존재하는 것, 말하자면 항해다. 바슐라르가 한 말이에요. 아마 수장이야말로 가장 정결한 죽음일 거예요. 안 그래요?" 그때 그녀가 그 말을 했다. 수장. 달빛이 당신의 귓가에서 소곤거리는 것처럼 은밀하고 비현실적이었다. 당신은 그 말의 뜻을 곧바로 알아들을 수는 없었다. 수장이라는 단어는 거의 쓰지 않는 낯선 것이었다. 수장? 당신은 그 단어를 입

속에서 되뇌었다. 당신의 불완전한 상상력을 보조하기라도 하려는 듯 그녀가 불쑥, 물속은 따뜻하고, 또 아늑할 거예요, 하고 혼잣말을 했다. "욕조 속처럼." 그녀가 조용히 덧붙였다. 그러자 수장이라는 단어의 뜻이 한층 선명해지면서 갑자기 어디에서 들려오는지 모를 낮고 무거운 음악이 깔렸다.

웃통을 벗은 젊은이들이 깔깔거리며 스쳐 지나갔다. 아까부터 남녀 한 쌍이 방파제에 기대서서 오랫동안 키스를 하고 있었다. 가로등 밑에서 맥주를 마시며 춤을 추는 일단의 젊은이들은 무언지 모를 열정으로 들떠 있었다. 그들은 방파제나 바다나 달빛에는 관심도 없는 것처럼 움직였다. 적어도 삶의 조건들이 그들을 지배하지 않는 것은 분명했다. 그러니까 바다가 욕조처럼 보이지도 않을 것이고 낮고 무거운 음악도 들리지 않을 거라고 당신은 생각했다.

18

당신은 이 소설을 사랑 이야기로 채우려 하고 있다. 그것은 당신이 연애소설을 좋아하기 때문이 아니라 당신의 이야기가 연애담으로 읽히기를 바라기 때문이다. (사랑이었단 말인가!) 말을 바꾸면, 당신은 당신의 이야기가 연애담 이외의 다른 이야기로 읽히지 않기를 바라고 있다. (다만 사랑이었을 뿐이란 말인가!) 소박한 욕망이라는 건 분명하지만, 말하는 사람은 듣는 사람의 의지를 강요할 수 없다. 듣는 사람이 듣고 싶은 대로 듣는 것처럼 읽는 사람은 읽고 싶은 대로 읽는다. 무엇보다도 얼마 전부터 서술과 이미지가 충돌하고 있다는 사실을 당신은 모르고 있는 것 같다. 당신이 늘어놓는 서술과는 상관없는 이미지들이 듣는 사람들의 머릿속에 형성되고 있다면 어쩔 것인가. 당신도 알고 있듯, 서술과 이미지가 대결할 때, 서술은 결코 이미지를 이기지 못한다.

당신을 위로하기 위해 한마디 하자면, 전쟁 이야기에 전투 장면만 나오는 것이 아닌 것처럼 사랑 이야기에 사랑만 들어가는 것이 아니다. 진공 상태의 사랑 이야기는 없다. 사랑 역시, 우리의 삶이 그런 것처럼 관계 속에서 존재한다. 어떤 사람도 상황과 조건의 구역 밖에서 사랑하는 것은 아니다. 상황과 조건을 뛰어넘는 사랑을 할 수는 있지만, 상황과 조건이 없는 무인도에서 사랑을 할 수는 없다. 아니, 무인도에서의 사랑이라고 해도 무인도라는 상황과 조건은 존재한다. 그러니 순수한 사랑 이야기에 대한 강박 때문에 자책할 필요는 없다.

19

H시에 도착하자마자 전화를 걸면서도 당신은 그녀가 전화를 받을 거라고 확신하지는 않았다. 한 번도 걸어보지 않기도 했거니와 그 전화번호가 아직 그녀의 것이라고 믿을 만한 근거도 없었다. 당신은 어쩌면 그녀가 이미 달빛이 만든 어느

물 위의 하얀 길을 걸어 다른 세상으로 들어가버렸을지 모른다는 종류의 상상을 하기도 했다. 한때 그녀의 보호자를 자처했던 사람으로서는 참으로 무책임한 상상이 아닐 수 없었다.

그녀는 당신을 기억하지 못했다. 당연한 일인데도 당신은 좀 섭섭함을 느꼈다. 기억을 상기시키기 위해 당신은 카리브해의 방파제와 달빛이 만든 길을 이야기해야 했다. 그리고 욱스말의 피라미드도. 피라미드를 만든 마야인들의 영혼이라고 당신이 의견을 내고 그녀가 동의했던 제비 떼들과 어두운 하늘을 가로지르던 색색의 빛과 소리들도. 어둠 속에서의 전율 같던 키스의 기억은 입에 올릴 수 없었다. 그녀는 이마를 손가락으로 짚는 듯 아, 하고 짧게 탄성을 질렀다. 십육 개월 만이었다. 잊어버릴 만큼 긴 세월은 아니지만, 기억하고 있어야 할 만큼 짧은 시간도 아니었다. 달빛이 파편처럼 바다 위로 부서져 내리던 바닷가에서 당신은 임무를 부여받았었다. 죽음은 물속에 존재하는 것이라든지 수장이야말로 가장 정결한 죽음이라고 말하는 그녀는 한없이 위험해 보였고, 당신은 그녀를 수장이나 익사의 위험으로부터 지켜야 한다는 사명감에 사로잡혔다. 그녀 곁에 당신 외에 누군가 다른 사람이 한 명이라도 있었다면 그 임무를 받아들이지 않았을지 모른다. 그러나 당신은 그녀 곁에 있는 유일한 사람이었다. 게다가 불안정한 심리 상태를 눈치채버린 터였다. 그런 상태에서는 모른 체한다는 것이 불가능했다. 당신은 그녀 곁을 떠나고 싶어도 그럴 수 없었다. 다행이라고 해야 할지, 당신이 보호자를 자처하고 나선 순간에 그녀는 피보호자의 면모를 드러내기 시작했다. 그녀는 띄엄띄엄 자기 이야기를 했다. 순서가 뒤죽박죽이고 공백이 많았지만, 당신은 그녀의 신상에 대해 대강의 윤곽을 그릴 수 있게 되었다.

그녀는 혼자 사는 여자였다. 두 해 전까지 그녀에게도 가족이 있었다. 남편과 아들을 태운 비행기가 바다에 떨어졌을 때 그녀는 멕시코에 있었다. 그녀는 여행팀을 이끌고 멕시코 일대를 돌아다니는 중이었다. 그녀의 일정이 끝나는 시간에 맞춰서 휴가를 낸 남편이 다섯 살짜리 아들을 데리고 멕시코로 오기로 되어 있었다. 남편과 아들의 도착을 기다리던 멕시코시티 공항에서 그녀는 그들이 탄 비행기가 추락했다는 소식을 들었다. 생존자가 거의 없다는 긴급 뉴스를 보다가 혼절한 그녀를 공항 직원이 병원으로 데려다주었다. 그 사건 이후 가이드 일을 포기했노라고 했다. 그 후 그녀의 삶은 구름 위를 떠다니는 것처럼 현실감 없는 것이 되었다. 그 후 그녀의 삶은 바다를 떠다니는 나무토막처럼 허망한 것이 되었다. 그 후 그녀의 삶은 그저 장송의 세월에 지나지 않은 것이 되었다. 그녀는 방파제에 걸터앉아서, 마치 바다를 향해 넋두리를 늘어놓듯 그런 이야기를 했다. 가끔 울음 섞인 목소리가 끼어들긴 했지만, 눈물을 흘리지는 않았다. 당신은 바다의 일부가 되어, 바다가 그런 것처럼 말없이 그녀의 이야기를 들었다. 그녀가 이야기를 하는 내내 낮고 무거운 음악이 배음처럼 깔렸다.

당신은 어디 묵고 있는지 묻고 숙소까지 데려다주겠다고 말했다. 그녀는 혼자 갈 수 있다고 했지만 당신은 혼자 가게 할 수 없다고 판단하고 있었다. 그러기에는 너무 많은 이야기를 들어버린 터였다. 그러기에는 너무 깊은 이야기를 털어놓아버린 터였다. 그녀는 바닷가에 좀 더 있을 거라고 했고, 당신은 함께 있겠다고 했다. 그녀는 방파제를 따라 걸었고, 바다에서 불어오는 바람이 그녀의 머리카락을 날렸다. 당신은 반 발짝 뒤에서 따라갔다. 한 시간 후에 당신들은 해안을 벗어나 호텔에 도착했다. 공교롭게도 그녀는 당신과 같은 호텔에 묵고 있었다. 당신은 구 층이었고, 그녀는 오 층이었다.

당신은 오 층 엘리베이터에서 내려 그녀의 방문 앞까지 따라갔다. 그녀가 가방에서 열쇠를 찾는 동안 당신은 그만 돌아가야 할지 아니면 커피라도 한 잔 얻어 마시자고 말해야 할지 망설였다. 그러나 망설임의 시간은 길지 않았다. 그녀는 열쇠를 쉽게 찾았고, 문은 곧 열렸다. 그녀는 안으로 몸을 반쯤 밀어 넣은 상태에서 말했다. "들어올 거예요?" 당신은 추궁받는 기분을 느꼈다. 당신은 그녀가 정말로 원하는 것이 무엇인지 판단할 수 없었다. 사실은 당신 자신이 무엇을 원하는

지도 분명하지 않았다. 당신이 엉겁결에 수용하고 만 보호자의 신분을 앞세워 그녀의 방 안으로 들어간다는 것은 어쩐지 뻔뻔스러운 일처럼 여겨졌다. 설령 그것이 당신의 진실이라고 하더라도, 상대방에 의해 속 보이는 짓으로 치부될 가능성이 있다면 신중해야 했다. 그 방에 들어가기 위해서는 보호자가 아닌 다른 자격이 있어야 하는 것처럼 생각되었다. 요컨대 당신은 명분을 찾지 못했고 만들어내지도 못했던 것이다.

욱스말에 가봤나요? 하고 물은 것은 어쩌면 명분을 만들기 위한 모색의 과정이었는지 모른다. 하지만 한때 그 지역의 여행 가이드였다는 그녀가 그곳에 가보지 않았을 리 없다는 생각을 어떻게 하지 못했는지, 나중까지도 당신은 그 점이 의아스러웠다. 당신은 다음 날 메리다로 이동하게 되어 있었다. 그곳에서는 사흘간 머물 것이고, 현지 직원이 보내준 일정표대로라면 공식 일정이 끝나는 날 오후에 욱스말을 관광하게 될 것이었다. 상무이사는 인천 공항을 떠나는 순간부터 고대 마야인들이 만든 피라미드의 불가사의에 대해 이야기하며 유카탄에 가게 되면 욱스말을 반드시 봐야 한다고 몇 번이나 강조했다. 자기는 두 번이나 가보았다면서도 굳이 바쁜 일정을 쪼개어 욱스말 관광을 고집한 것도 그였다. 마치 그곳에 가기 위해 여행을 자청한 사람 같았다. 그럼에도 불구하고 당신에게는 피라미드나 욱스말에 대한 기대 같은 것은 없었다. 당신이 정말로 들어가기를 원한 것은 그녀의 방이었지 욱스말이 아니었다. 그런데도 그 순간 무슨 숨겨둔 카드처럼 욱스말을 꺼낸 것을 어떻게 이해해야 할까. 그곳이 물과는 상관없는 곳이라는 선입견이 작용했을까. 수장의 위험으로부터 그녀를 지켜야 하는 보호자의 사명감을 생각하면 그랬을 수도 있겠다. 그녀는 묘하게 웃었다. 당신은 의무감이라는 명분 뒤에 숨겨놓은 자신의 욕망을 혹시 그녀가 눈치챈 것은 아닐까 조심스러웠다. 그래서 재빨리 사흘 후에 그곳에 있을 거라고 말했다. "우리가 거기서도 다시 만난다면 보통 인연이라고 할 수 없겠지요." 그렇게 덧붙임으로써 당신은 삶과 사랑에 개입하는 운명적인 것의 비중을 중시하는 당신 자신의 낭만적인 취향을 드러냈다. 그러나 그런 취향은 좀처럼 겉으로 표출되기 어려운 것이었고, 그 이유는 그런 취향에 포함되어 있는 어쩔 수 없는 치기를 당신 스스로 좀 쑥스러워하기 때문이었다. "그렇겠지요, 우리가 거기서도 다시 만난다면 말이에요." 그녀는 애매하게 웃었다. 그 애매한 웃음의 뜻을 당신은 사흘 후에 이해할 수 있었다.

사흘 후에 당신의 상사는, 마야인들의 불가사의한 업적에 대한 그의 대단한 경외심과 그 태고의 시간에 대한 간절한 동경에도 불구하고, 욱스말에 가지 못했다. 이번에도 그의 몸 상태는, 사흘 전보다는 나았지만, 그리 좋지 않았다. 그러나 그가 피라미드를 포기한 것은 몸이 좋지 않아서가 아니었다. 현지 지방 정부의 관료를 면담하는 일정이 그곳의 사정으로 연기되면서 기왕의 관광 계획을 취소해야 하는 상황이 생겨났다. 안타까워한 사람은 물론 마야 매니아인 상무이사였다. 그는 무엇보다도 그 지역에 처음 여행 온 부하 직원이 거기까지 와서 욱스말을 보지 않고 돌아가야 하는 사실을 몹시 안타까워했다. 안타까운 것

은 당신도 마찬가지였지만, 그러나 물론 당신의
안타까움은 당신의 상사의 그것과는 성격이 다른
것이었다. 그녀가 그곳에 나타날 거라는 확신은
없었다. 약속은 애매하고 일정은 불확실했다. 오
지 않을 거라고 예단하고 있었다는 편이 보다 진
실에 가까웠다. 보통 이상의 인연 운운한 것도 그
것을 기대한다는 것이 불가능에 가깝다는 판단
과 무관하지 않았다. 그렇지만 순전히 그런 것만
은 아니었다. 비행기가 유카탄의 하늘을 날고 있
을 때 당신은 그녀의 애매한 미소를 떠올렸고, 그
녀가 나타날까, 하고 중얼거리고 있는 자신을 발
견했고, 그리고 마침내 그곳에서 그녀와 재회하
는 일이 전혀 기대할 수 없는 건 아니라는 생각을
하기에 이르렀다. 당신이 오로지 귀찮은 호객꾼
을 피하기 위해 들어갔던 그 이국의 카페에 그녀
가 미리 자리 잡고 있었던 것이 기적이 아니라면
당신이 욱스말에서 그녀를 다시 보는 일 역시 기
적이라고 할 수 없다고, 이보다 더 일어나기 어려
운 일이 그때 일어났다고, 쉬운 일은 어려운 일보
다 더 잘 일어나는 법이라고 되뇌었다. 그녀가 나

타날까 나타나지 않을까를 궁금해하던 단순한 호기심이 어느 순간 나타나기를 간절하게 바라는 염원으로 바뀌었다는 사실이 당신을 조금 당황스럽게 했다. 당신은 은근히, 사실은 자신도 모르게, 아니면, 당신 자신조차 속일 정도로 은밀하고 교묘하게 그 시간과 그녀를 기다리기 시작했다. 물의 위협으로부터 그녀를 보호한다는 식의 얇은 명분의 가면 뒤에서 당신은 기다리는 사람이 되었다. 기다리는 사람이 되었다는 것은 더 이상 당신이 자유롭지 않다는 뜻이다. 누군가를 기다리기 시작하는 순간 우리의 자유는 차압당한다. 롤랑 바르트는 사랑하는 사람은 곧 언제나 기다리는 사람이라고, 사랑에 빠진 사람은 아무리 기다리지 않으려고 해도 어쩔 수 없이 기다리게 된다고, 아무리 여유를 부려도 항상 너무 빠르다고, 기다리는 것이 사랑의 속성이라고 정의했다. 그렇다면 그때부터 당신은 사랑하기 시작한 것일까. 그때 이미 사랑하고 있었던 것일까……. 시간은 더디 갔다.

당신의 상사는, 당신에 대한 호감이 아주 작용

하지 않았다고 할 수는 없겠지만, 그보다는 그 자신의 특별한 취향과 독특한 기호를 과시하고 싶은 욕심으로 공식 일정에서 당신을 빼주는 특혜를 베풀었다. 거기까지 와서 그걸 못 보고 간다는 건 마야인들과 피라미드에 대한 예의가 아니라는 것이 그의 신념이었다. 당신은 고맙다고 인사하긴 했지만, 그가 베풀어준 호의에 대한 답례 수준 이상의 표현은 하지 않았다. 예컨대 우연히 한 번 만난, 이름도 알지 못하는 한 여자와의, 성사가 불투명한 만남에 대한 은밀하고 열없는 기대를 직장 상사에게 드러낼 필요는 없었던 것이다.

욱스말은 메리다에서 남쪽으로 팔십 킬로미터가량 떨어진 밀림 속에 있었다. 난쟁이 마법사가 하룻밤에 세웠다는 전설을 가진 마법사의 피라미드를 비롯하여 여러 개의 오래된 석조 건물들이 숲 속에 방치되어 있는 곳. 그곳에서 제일 먼저 당신을 반긴 것은 하늘을 뒤덮고 있는 체구가 작은 제비들이었다. 제비들은 욱스말의 하늘에서 춤을 추듯 날아다녔다. 그들은 건물 안쪽으로 들어갔다 나왔다를 반복하며 관광객들의 시선을 잡아끌었다. 관광객들을 환영하는 것도 같고 경원하는 것도 같았다. 남쪽 언덕 위에 있는 한 석조 건물로 들어가 방처럼 보이는 공간에 고개를 들이밀자 어슴푸레한 내부에서 날개 소리가 들려왔다. 제비들이었다. 당신은 쏟아지는 햇살 때문에 눈을 찌푸린 채 이곳저곳을 걸어 다녔다. 오가는 사람들을 힐끗거리며 그녀를 찾았지만 보이지 않았다. "쿠쿨칸이에요. 깃털 달린 뱀, 마야인들의 창조신이지요." 당신이 오는 것을 지켜보고 있었을까. 모퉁이를 돌아 나온 그녀가 이제껏 나누던 이야기를 이어가는 것처럼 인사도 하지 않고 말했다. 당신은 고개를 숙여 인사하려다가 말고 그녀가 손가락으로 가리키는 지점을 살폈다. 벽의 외부에 붙은 장식처럼 밖으로 튀어나온 여러 개의 뱀 머리가 보였다. 그것이 머리라면 건물 외벽에 한 줄로 늘어선 일정한 모양의 돌덩이들은 모두 뱀의 몸이라고 할 수 있었다. 그렇다면 뱀이 건물 전체를 칭칭 감고 있다고 해야 할 것이다. 아니, 건물 전체가 거대한 뱀의 몸뚱이라고 해야 할 것이다. "저들의 신화에 의하면, 지하 세계에서 가져온 뼈들 위에 자기 피를 뿌려 인간을 만들었다고 해요······." 그녀는 깃털 달린 뱀 쿠쿨칸에 대해 이야기했다. 큰 입을 벌리고 있는 비의 신 차끄에 대해서도 이야기했다. 밀림에 세워져 있는 이 도시가 유지되기 위해서는 빗물에 의존할 수밖에 없었는데, 그것이 비의 신을 주신으로 숭배하게 된 사연이라고 그녀는 설명했다. 그 탓인지 건물의 이곳저곳에 차끄의 기괴한 형상이 수도 없이 조각되어 있었다. 그녀는 가이드답게 차근차근 설명을 했다. 표정도 사흘 전에 비해 꽤 밝아진 것 같았다. 그러나 당신은 그녀가 전해주는 마야인들의 신화에는 그다지 관심이 없었다. 당신은 그녀의 눈을 쳐다보며 이곳에 오기를 잘했다고 생각했고, 그리고 '대단한 인연'에 대해 생각했다. 신화의 영역이 아닌가. 무슨 일이 일어나도 이상해할 이유가 없는 곳이 아닌가. 우연이든, 기적이든, 이곳에서라면 그저 일상에 불과할 뿐.

20

그리고 이제, 당신은 다른 관광객들과 함께 돌계단에 앉아 있다. 계단은 벌판에 산재해 있는 여러 동의 옛날 건물들을 조망하기 좋은 위치에 자리 잡고 있다. 계단은, 거기 앉으면 바라보이는 건물들이 그런 것처럼 수천 년 전의 돌로 만들어진 것이다.

충분히 어두워지기를 기다렸다는 듯 건물과 건물 주위 곳곳에 설치된 색색의 조명이 하늘을 향해 부채꼴 모양으로 퍼져나갔다. 빛은 하늘에서 땅으로, 다시 땅에서 건물로 빠르게, 혹은 느리게 움직이고, 움직이다가 멈추고, 빛들끼리 서로 섞였다. 그리고 하늘에서 울리는 것 같은, 아니면 시간의 심연에서 끌어올려진 것 같은 여러 겹의 층을 가진 음향의 세례가 퍼부어졌다. 음향은 폭죽처럼 터져 사방으로 퍼져나갔다. 빛과 소리는 오래전의, 이제는 사라진 한 위대한 문명의 신화를 재현하기 위해 불러낸 가장 효과적인, 그러나 어쩔 수 없이 불완전한 현대 문명의 수단이다. 폭죽 같은 소리와 교향악 같은 빛의 향연에 의해 초대된 고대 문명은 장엄하지만 서글펐다. 장엄한 만큼 서글펐다. 장송葬送의 분위기를 연출하는 빛과 음향에 의해 관광객들은 일순 조문객들이 되어야 했다.

푸른 조명이 정면에 있는 건물의 한 부분을 길게 비추었다. 푸른 조명은 건물 벽에 웅크리고 있던 수천 년 전의 뱀을 살려냈다. 차가운 피를 가진 날개 달린 큰 뱀이 슬몃 고개를 들었다. 푸른 조명이 건물을 휘감고 있는 뱀의 자태를 유감없이 드러내 보였다. 뱀은 입을 크게 벌렸다. 무엇인가를 곧 잡아먹을 듯한 태세였다. 쿠쿨칸이에요. 움찔하는 순간 당신의 귓속으로 목소리가 슬며시 스며들었다. 그녀의 목소리였다. 옆에 앉은 다른 관광객들을 방해하지 않기 위해 그녀는 어쩔 수 없이 목소리를 낮추고 몸을 당신 쪽으로 기울였다. 당신의 귀에 그 목소리는 은밀하고 달콤하게 들렸다. 빛과 소리의 축제는 계속 이어지고 있었다. 그러나 그 나라 언어에 익숙하지 않은 당신은 들려오는 말을 한마디도 알아들을 수 없었다.

그녀는 당신이 알아들을 수 있도록 한국어로 통역했다. 옆에 앉은 다른 관광객들을 방해하지 않기 위해 그녀는 어쩔 수 없이 목소리를 낮추고 몸을 당신 쪽으로 기울이고 고개를 당신에게 돌렸다……. 네 명의 바캅들이 하늘을 떠받치고 있었어요. 창조주가 세상을 창조할 때 하늘이 무너지지 않도록 하기 위해 네 귀퉁이에 그들을 두었거든요……. 그녀의 목소리는 한층 은밀해지고, 말을 하기 위해 당신에게 얼굴을 돌렸다가 빛의 춤을 보기 위해 정면을 향했다가 했다. 그럴 때마다 목소리도 커졌다가 작아졌다가 했다. 당신은 그녀의 목소리를 더 잘 듣기 위해 머리를 약간 숙이고 얼굴을 앞으로 내밀었다. 발음할 때 그녀의 입에서 나온 연한 바람이 당신의 귓불을 간질였다……. 하계의 신인 볼론티쿠가 천상의 신인 옥슬라운티쿠를 공격했어요. 옥슬라운티쿠의 휘장이 찢어지자 갑자기 엄청난 물살이 들이닥쳤어요. 물은 세상을 덮었어요. 하늘을 떠받치고 있던 바캅들이 도망을 갔어요. 그러자 하늘이 땅 위로 무너져 내렸고, 세상의 종말이 왔어요…….

이제 하늘에는 붉은 기운이 완전히 사라지고 없었다. 어둠은 담요처럼 세상을 덮었다. 교차하는 색색의 빛들 사이로 어두운 하늘을 어지럽게 날아다니는 제비들이 보이고, 그리고 당신은 아무것도 보지 못했다. 하늘이 땅 위로 무너져 내리고, 세상에 종말이 왔으니까⋯⋯. 그 순간에 세상은 현저하게 축소되었다. 그 땅에, 이 세상에, 당신과 그녀 말고 다른 사람은 존재하지 않았다. 사랑에 빠지는 순간 세상은 두 사람만 사는 공간이 된다. 그들이 어디 있든 마찬가지다. 연인들은 최초의 하늘과 땅을 가진 에덴의 연인들이 그랬던 것처럼 이 세상에 단 두 사람만 거주하는 양 느끼고 말하고 행동한다. 연인 이외의 모든 사람들은 그저 배경에 지나지 않은 것이 된다. 연인은 연인 말고는 다른 누구도 의식하지 않는다. 말하자면 사랑은 세상을 축소시키는 기술이다. 사랑에 빠지는 사람의 세계는 두 사람만 존재하는, 아주 좁은, 이제 막 태어난 세상이다.

그녀는 오로지 한 사람만을 위해 낮고 은밀하고 달콤한 목소리로 마야인들의 이야기를 전했다. 그 한 사람인 당신의 몸은 점점 그녀에게로 기울고, 그녀의 몸은 점점 당신에게로 기울었다. 당신의 무릎에 그녀의 무릎이 닿고, 그녀의 팔이 당신의 팔에 눌렸다. 당신의 숨이 그녀의 얼굴을 간질이고 그녀의 숨이 당신의 얼굴을 간질였다.

당신의 손이 그녀의 손 위에 포개진 것이 언제인지 당신은 기억하지 못한다. 당신의 입술이 그녀의 입술에 닿고, 당신의 혀가 그녀의 입안으로 들어간 것이 언제인지도 역시 당신은 기억하지 못한다.

21

면도기와 액자는 발견되지 않았다. 그녀는 아마도 그 물건을 치워버려야 했을 것이다. 물건은 아무래도 괜찮았다. 당신은 그것들을 이용해서 그녀의 집으로 다시 왔다. 그것으로 면도기와 액자는 제구실을 다했다. 그런데 그녀는 어디로 간

것일까. 당신은 그녀의 방문 앞에서 거푸 심호흡을 했다. 비어 있다고 판단했는데도 그녀의 방문 앞에 서자 저절로 긴장이 되는 걸 피하기 어려웠다. 히말라야의 서늘함과 사막의 열정이 그녀의 존재를 일깨웠다. 그러나 그녀는 어디에도 존재하지 않았다. 문득 방 안에서 출렁이는 물소리가 다시 들려오는 것 같았다. 그럴 리가 없다고 생각하고 있었으므로 가슴 한편이 철렁 내려앉았다. 당신은 다시 한 차례 심호흡을 하고, 안에 있어요? 하고 소리를 냈다. 당신은 큰 소리를 낸다고 했지만, 그러나 실제로는 거의 목소리가 나오지 않았고, 그것은 두려움 때문이라기보다는 안에 아무도 없다는 확신 때문이라고 당신은 애써 자신을 변호했다. 물이 출렁이다니…… 환청일 것이다.

이 집에 처음 와서 그녀의 방 안을 들여다보았을 때의 기묘한 기분이 새삼스럽게 살아나는 듯했다. 방 안에는 가구가 보이지 않았다. 그렇다고 비어 있는 것은 아니었다. 방 한가운데 커다란 욕조가 놓여 있었다. 욕조는 우윳빛이었고, 어른이 발을 뻗고 누워도 남을 정도로 컸다. 안에는 물이 삼분의 이 높이만큼 채워져 있었다. 욕조를 벽이나 천장과 같은 건물의 구성 요소 가운데 하나로 본다면 방은 비어 있다고 해야 한다. 그러나 그렇지 않다면, 책상이나 가습기나 화장대처럼 방 안에 채워지는 물건으로 본다면 방이 비어 있다고 하는 진술은 옳지 않다. 당신은 처음에 방이 비어 있다고 생각했다가 얼마 후에는 비어 있지 않다고 수정했다. 비어 있다고 느꼈을 때 욕조는 건물을 구성하는 요소 가운데 하나로 보였다. 비어 있지 않다고 느꼈을 때 욕조는 밖에서 안으로 옮겨진 물건으로 보였다.

당신은 그녀가 옷을 벗는 모습을 물끄러미 지켜보았다. 그녀는 거실에서 마치 혼자 있는 것처럼 거리낌없이 옷을 벗었다. 옷을 다 벗고도 수줍어하거나 겸연쩍어하지 않았다. 지켜보는 사람의 시선도 의식하지 않았다. 그녀의 몸은 말랐고 피부는 창백하다는 느낌이 들 만큼 희고 부드러워 보였다. 머리카락이 어깨 위에 떨어져서 출렁거렸다. 엉덩이는 작고 가슴은 뾰족했다. 도무지 욕정이 일어나지 않는 몸이었다. 마치 어린 여동생이나 늙은 어머니의 나체를 보고 있는 것처럼 건조하고 생경스러웠다. 그녀는 고양이가 담장 위를 걷듯 가볍고 그러면서도 약간은 오만하게 걸어서 욕조가 있는 방으로 들어갔다. 그녀의 마르고 창백한 몸이 욕조 속에 잠겼다. 그녀가 거의 눕듯 머리를 욕조 난간에 올려놓자 기다렸다는 듯 물이 그녀의 가슴을 덮었다. 물은 가슴을 어루만지고 배를 더듬으며 출렁였다. 그녀는 목만 내놓고 물속에서 눈을 감았다. 당신의 눈에 그녀는 더할 수 없이 아늑하고 편안해 보였다. 욕조는 거의 침대처럼 느껴졌다.

빈방에서 물이 출렁이다니…… 환청을 들었을 것이다. 그녀가 집에 있을 리 없었다. 당신은 몇 번이나 전화를 걸었고, 초인종을 눌렀다. 당신이 열쇠를 이용해서 문을 열고 들어온 것은 응답이 없었기 때문이다. 그녀는 집에 없다. 그 확신을 증명이라도 해 보이겠다는 듯 당신은 그녀의 방문을 잡아당겼다. 문은 열리지 않았다. 밀어보았다. 역시 열리지 않았다. 당신의 마음속에서 카리브해가 출렁 소리를 냈다.

22

H시에 도착하자마자 전화를 걸었을 때 그녀는
당신을 기억하지 못했다. 당연한 일인데도 당신
은 좀 섭섭함을 느꼈다. 기억을 상기시키기 위해
당신은 카리브해의 방파제와 달빛이 만든 길을
이야기해야 했다. 그리고 욱스말의 피라미드도.
피라미드를 만든 마야인들의 영혼이라고 당신이
의견을 내고 그녀가 동의했던 제비 떼들과 어두
운 하늘을 가로지르던 색색의 빛과 소리들도. 어
둠 속에서의 전율 같던 키스의 기억은 입에 올릴
수 없었다. 그녀는 이마를 손가락으로 짚는 듯 아,
하고 짧게 탄성을 질렀다. 십육 개월 만이었다. 욱
스말에서 돌아오고 십육 개월 동안 당신은 그녀
를 다시 만날 거라고 생각하지 않았다. 욱스말에
서의 기억은 강렬했지만(빛과 소리의 향연이 펼쳐

지는 마야의 어둠 속에서의 그 강렬한 키스!), 그러나 그것은 피차 이국에서의 객수客愁가 부른 일회적인 해프닝에 지나지 않은 것이라고 치부할 수 있는 것이고, 설령 서로 연락처를 교환했다고 해도 그저 관습적인 인사치레로 그랬을 수 있는데, 그걸 빌미로 이쪽에서 턱없이 심각하게 나간다면 생뚱맞은 짓 말라는 지청구나 들을 게 뻔했다. 가끔 그녀의 얼굴이 떠오르긴 했지만 당신은 애써 지웠다. 가령 아내가 당신의 승낙도 구하지 않고 사흘간 집을 비웠을 때, 거실에 불도 켜지 않고 혼자 앉아 맥주를 병째 홀짝거리며, 당신은 아내와 부부라는 이름으로 더불어 지내온 시간의 덧없음을 생각했고, 어쩌면 처음으로 집에 갇힌 수인과도 같은 자신의 존재에 대해 모멸감을 느꼈고, 집을 부수고 싶다는 걷잡을 수 없는 욕망에 시달렸고, 그리고 화염처럼 뜨거웠던 한 여자와의 키스의 기억을 떠올렸다. 그 밤에 하마터면 당신은 그녀에게 전화를 걸 뻔했다. 그러나 물론 아침이 밝아오고 출근을 서두르면서 당신의 충동은 단정히 맨 넥타이처럼 가라앉았다.

C시에 누가 있는지 당신은 알고 있었고, 당신의 아내는 당신이 알고 있다는 걸 알고 있었다. 아내는, 회사에 있는 당신에게 전화를 걸어서 C시에 갔다 와야겠어요, 라고만 말했다. 당신은 아내가 그곳에 갈 거라고 예측하고 있었으므로 놀라지는 않았다. 한때 아내의 연인이었던 K는 요양 중이었다. 당신은 그렇게 짐작할 뿐 구체적으로 무슨 병을 앓고 있는지, 상태가 어떤지는 알지 못했다. 아내는 말하지 않았고, 당신은 묻지 않았다. 당신과 당신의 아내는 이미 오래전부터 필요한 말 이외에는 하지 않고 지냈고, 급기야는 필요한 말도 하지 않고 지냈다. 아니, 말을 하지 않고 지내자 필요한 말이 거의 없어져버렸다고 해야 할까. 불필요한 말만이 아니라 필요한 말조차 하지 않고도 불편하지 않게 되어버렸다고 해야 할까.

　일찍 퇴근해서 들어온 어느 날, 당신은 우연히 비어 있는 아내의 방에 들어갔고, 어두운 모니터 하단에서 깜박거리는 노란 불빛을 보았고, 우웅거리며 돌아가는 모터 소리를 들었다. 당신은 혹시 하고 자판 하나를 툭 건드려보았다. 그러자 모

니터의 화면이 밝아지면서 숨어 있던 그림이 스
윽 모습을 드러냈다. 급하게 서두를 일이 있었는
지 아내는 컴퓨터의 전원을 끄지 않고 나간 상태
였다. 모니터에는 아웃룩 익스프레스가 실행 중
이었다. 당신은 특별한 의식의 작동 없이, 거의 반
사적으로 '받은 편지함'을 클릭했다. K의 편지가
그곳에 있었다. 그는 요양 중인 듯했고, 가족과 떨
어져 있거나 가족과의 왕래가 끊어진 듯했고, 외
로워하는 듯했다. 그날 이후 당신은 몇 번 더 아내
의 편지함에서 그의 편지를 읽었다. 편지에는 아
내에 대한 그리움이 상당히 노골적으로 표현되어
있었다. 그 글을 읽을 때, 아무리 무미건조한 관계
를 유지해오고 있다고 해도, 남편인 당신의 마음
이 아무렇지도 않을 수는 없었다. 언젠가 아내가
친정의 부모나 친척들을 보기 위해서가 아니라 K
를 만나기 위해 C시에 갈 거라는 예감을 피하기
는 어려웠지만 그러나 당신은 아무것도 모르는
척, 아무렇지도 않은 척했다. 어떤 반응을 보인다
는 게 새삼스러워서였다. 예감대로 아내가 C시에
갔을 때, 당신은 조금 험한 밤을 보냈다. "집 꼴 좋다." 당신의 입에서 그런 말이 튀어나왔을 때 당신의 내부에는 집을 지키고 싶은 욕구와 집을 헐어버리고 다시 짓고 싶은 욕구가 충돌했다. 그렇지만 당신은 지키고 싶은 집이 어떤 집인지 잘 알지 못했던 것처럼 헐어버리고 다시 짓고 싶은 집에 대해서도 또렷한 인식을 가지고 있지 않았다. 당신은 폭음으로 그 위기를 넘겼다. 그녀와의 접촉을 시도하지 않은 것은 당신이 그만큼 신중하다는 증거다. 그러나 그만큼 열정이 모자란다는 증거이기도 할 것이다. 충동과 열정을 혼동하지 않았다는 점에서 신중하다. 그러나 충동이 제 노릇을 할 수 없었다는 점에서 당신의 열정은 함량 미달이다.

당신의 신중함, 혹은 함량 미달의 열정은 신호를 필요로 했다. 이를테면 당신은 달리기 위해 총소리를 기다리고 있는 출발선상의 육상 선수와 같았다. 도무지 연고라고는 있어본 적이 없는 H시로 그야말로 갑자기 발령을 받게 되었을 때, 당신은 그 겹치는 우연을 일종의 신호로 받아들이기로 결심했다.

23

당신은, 마치 그러기로 작정이라도 한 것처럼 여행용 가방 하나가 전부인 짐을 들고 그녀의 집으로 들어갔다. 그녀는, 마치 그러기로 결정이 되어 있었던 것처럼 여행용 가방 하나가 전부인 당신의 짐과 함께 당신을 자기 집에 받아들였다. 아니, 사실은 그렇게 당연한 것처럼 일이 일사천리로 진행된 것은 아니었다. 전화를 받고 나온 그녀는 커피숍에 앉아서 당신의 여행용 가방을 자꾸 바라보았다. 가방에 신경 쓰고 있는 그녀가 당신은 신경 쓰였다. 기차역에서 빠져나오자마자 전화부터 걸었으므로, 그리고 약속을 잡은 다음에는 곧바로 택시를 타고 움직였으므로 당신은 숙소를 잡을 기회를 갖지 못했다. 사흘 후부터 출근이었다. 당신은 일단 하루나 이틀쯤 여관 신세를 지면서 바로 입주할 수 있는 원룸을 알아볼 계획을 세워놓고 있었다. "여관을 잡지 못했어요." 당신은 가방을 가리키며 말했다. 그녀는 "여행 중인가요?" 하고 물었다. 당신은 사흘 후부터 그 도시의 지사에 출근해야 하는 사정 이야기를 했다. "최소한 한 반년은 여기 있어야 해요. 더 있어야 할지도 모르고요." 그녀는 진실이냐고 묻는 듯 그의 눈을 빤히 쳐다보았다. 당신의 표정에 장난기가 어렸기 때문일 수도 있었다. 당신의 표정에 장난기가 어렸다면, 그것은 당신이 마음의 여유를 찾기 시작했다는 뜻이고, 그것은 또 긴장감이 어느 정도 해소되었다는 뜻이기도 할 것이다. 당신은 회사 직원들이 방을 알아봐주기로 했다는 말을 하지 않고, 혹시 빈방이 있으면 재워달라고 농담을 했다. 이번에도 그녀는 진실이냐는 듯 당신의 눈을 빤히 쳐다보았다. 말을 그렇게 하긴 했지만 정말로 그런 기대를 품은 건 아니었다. 그럴 가능성을 염두에 둔 것도 아니었다. 그녀 역시 진담으로 들을 리 없다고 당신은 생각했다. 그렇긴 하지만 그녀가 당신의 여행용 가방을 신경 쓰는 것이 신경 쓰였으므로, 당신은 숙소부터 정해야겠다고 마음먹었다. "걱정 마세요. 여관을 잡을 거예요." 저녁에 시간을 내서 술이나 한잔하자는 약속을 받아내고 커피숍을 나왔다. 세 시간 동안 당신은 시내의 한 여관에 짐을 넣어두고 사흘 후에 출근할 사무실에 나가 몇 사람과 인사를 하고 어슬렁어슬렁 시내 구경을 했다. 그리고 시간에 맞추어 약속한 술집으로 갔다.

당신은 H시에서의 첫날을 술과 함께 시작했다. 당신도 취했고, 그녀도 취했다. H시에서의 첫 밤이었으니까 취할 이유가 충분하다고 당신은 생각했다. 술이 들어가자 그녀에게 품고 있던 당신의 감정이 이상한 형태로 굴절되어 표현되었다. 당신의 어투는 공격적이고, 집요해졌다. 예컨대 당신은 정신의 허영, 비극적인 포즈, 절망이라는 키치적 장식, 타인의 동정을 유발하기 위한 자기 연민 같은 어휘들을 마치 탄환을 날리듯 떠오르는 대로 퍼부었다. 어쩌자는 것이었는지, 말을 하면서 당신 스스로 놀랐지만, 왜냐하면 그녀에 대해 그런 식의 판단을, 적어도 의식적으로는 하고 있었던 것은 아니었으니까, 어쩐 일인지 가속도가 붙은 말의 공세에 제동을 걸 수가 없었다. 술의 힘에 의지하여 자기 연민과 피해의식을 풀어놓고 있었는지 모른다. 어쩌면 공격의 대상은 그녀가 아니라 당신 자신이었는지 모른다. 회사에서 패하고 집에서 패한 당신에 대한 연민을 그런 식으로 비틀어서 표현할 수밖에 없었는지 모른다. 그 어느 순간에 그녀가 당신을 향해 예의 애매한 미소를 지으며 말했다. "짐을 가져오세요." 그녀가 당신의 터무니없이 집요한 공격을 잠재우기 위한 목적으로 그 말을 한 것이라면, 그녀는 성공했다. 당신의 얼굴은 차갑게 굳었고, 입은 닫혔다. 그러나 단지 그런 의도로 그런 말을 했다고 할 수 있을까. 당신이 의중을 헤아리지 못해 침묵하고 있자 그녀가 한마디 더 했다. "빈방이 있거든요. 반년은 있어야 한다면서요." 목소리도 표정도 덤덤했다. 그리고 그녀는 자리에서 일어났다. 괜찮아요? 하고 당신은 물었다. 그 물음에는 많은 것이 포함되어 있긴 했지만, 그러나 어쨌든 바보 같은 질문임에 틀림없었다. 그녀는 대답하지 않았다. 왜냐하면 바보 같은 질문이었으니까.

그리고 비어 있던 방 하나가 당신에게 주어졌다.

24

깊은 밤에 그녀의 방에서 들리는 물소리를 당신은 거의 매일 들었다. 그녀의 방 창문을 넘어 들어오는 물, 그녀의 욕조를 가득 채우는 물, 물속으로 스며드는 물, 그녀의 방 벽을 타고 오르는 물, 꿈틀거리고 출렁이는 물, 들어왔던 창문을 타고 넘어가는 물들이 눈앞에 그려졌다. 방 전체가 욕조로 변하기도 했다. 욕조는 거대한 바다로 변하고, 바다는 다시 방으로 변했다가 욕조로 변했다가 했다. 그런 순간이면 카리브해를 바라보며 그녀가 했던 말이 되살아났다. "거대한 욕조 같아요. 그렇지 않아요?" 쉼 없이 출렁이는 물소리는 당신의 잠을 빼앗았다. 대개의 경우 당신 자신이 물속에 들어가 누워 있는 것 같은 기분이 들었다. 그런 상태에서는 잠을 청할 수가 없었다. 귀를 막아도 소리는 멈추지 않았다. 뒤척이다가 견디지 못한 당신이 가끔 자리를 박차고 일어나 그녀의 방문을 밀어보면 그녀는 방 한가운데 놓인 욕조 안에서 죽은 것처럼 잠들어 있었다. 물 또한 죽은 것처럼 잠들어 있었다. 그렇지만 돌아와 침대에 누우면 다시 물소리가 들렸다. 물이 살아나 꿈틀거리고 출렁이고 뒤척이는 소리가 들렸다. 한 번 달아난 잠은 다시 찾아오지 않았다. 불면의 밤을 보낸 당신의 눈은 아침부터 붉게 충혈되어 있었고, 정신은 하루 종일 몽롱했다.

간혹 그녀가 당신을 욕조 속으로 불렀다. 당신의 몸은 물속에서는 좀처럼 흥분하지 않았다. 물속에서 여자의 몸을 안을 때 당신은, 무슨 근거인지 알 수 없으나, 마치 근친의 몸을 더듬고 있는 것과 흡사한 매우 불편한 감정 상태 속에 빠져들어 가는 자신을 인식해야 했다. 근친을 안고 있으면서 흥분할 수는 없었다. 그것은 불편해할 일이지 흥분할 일이 아니었다. 그런가 하면 여자의 몸이 흡사 물과 같아서 아무리 해도 실체가 만져지지 않는 기이한 경험을 했다. 그 경우는 더욱 나빴다. 만져지지 않는 살을 만지면서 흥분할 수는 없었다. 당신은 그녀와 한 공간에서 밤을 보내야 하는 일이 불편해졌고 힘들어졌다. 때때로 그녀가 당신의 침대로 찾아오기도 했다. 여자는 물처럼 물이 뚝뚝 떨어지는 몸을 당신 몸 위에 얹었다. 당신의 침대는 물로 흥건하게 젖었다. 그러나 그래도 흥분되지 않기는 마찬가지였다. 흥분도 되지 않는 몸으로 여자의 몸을 안고 있는 일은 몹시 성가신 일이었다. 당신은 그녀의 몸을 안고 있는 내내 불편했고, 어떻게 해야 할지 몰라 여자의 몸을 밀쳐내곤 했다.

한 달째 되는 날, 당신은 집을 나왔다. 밤의 물소리를 더 이상은 견딜 수가 없어. 여행용 가방을 챙기면서 당신은 당신 자신을 위로하기 위해 중얼거렸다. 체중이 오 킬로그램은 줄었을 거라고 당신은 생각했다.

25

본사로의 귀환이 결정되던 날, 당신의 아내는 전화를 걸어서 울었다. 하필이면 그날이었는지, 아내와의 헛도는 관계가 당신을 조금 피곤하게 했다. 우는 아내는 낯설었다. 당신은 뜨악한 느낌을 감추기가 어려웠고, 드러내기는 더욱 어려웠다. 울음 끝에, 죽었어요, K가…… 하고 아내는 말했다. 당신은, K가 죽었구나, 하고 중얼거렸다. 이어서 K가 죽으면 무엇이 달라지는가, 하고 속으로 질문을 던졌다. 뻔뻔스럽다는 생각은 하지 않았다. 이제 아내는 남편인 나와 떳떳하게 이혼할 수 있는 상황을 확보한 것인가, 하고 당신은 다시 질문했다. 아니면 남편인 내가 아내와 떳떳하게 이혼할 수 있는 상황을 확보한 것일까…… 하고. 그렇게 생각했다는 것은, K의 존재가 아내와 당신의 관계를 아슬아슬하게라도 유지시켜 온 힘이었다는 걸 깨달았다는 뜻이다. 역설이지만 사실이었다. 세상에는 통념으로 이해할 수 없는 일이 있는 법이다. 생각은 끊어지지 않고 이어졌지만, 그것의 전개는 거의 기계적이었고, 생각이 자동적으로 생각을 물어내는 형국이었고, 따라서 당신은 몰입하기가 어려웠다. 웬만큼 울고 난 후, 아내는 K가 어떻게 죽었는지 안 물어봐요? 하고 물었다. 당신은 궁금하지 않았으므로 강요된 질문을 던지지 않았다. 질문을 하지 않자 그녀가 스스로 대답을 해왔다. "임파선암 세포가 온몸에 퍼져서 앞으로 삼 개월을 넘기기 힘들 거라는 선고를 받은 이 시한부 환자의 사인은 어이없게도 질식이었어요. 내가 보는 앞에서 강물 속으로 걸어 들어갔거든요. 나는 그의 몸이 물속으로 스미는 걸 보고만 있었어요. 영혼이 몸속에 스미듯 너무나 자연스러워서 제지할 수가 없었어요. 물이 그의 몸을 삼키는데도, 내 눈 앞에서 그의 몸이 조금씩 지워져가는데도 그 모습을 보고만 있었어요. 그러니까 물이 그의 몸을 받은 마지막 몸이었어요."

당신은 가슴 한구석이 뜨끔거리는 걸 느꼈다. 해묵은 임무가 당신의 눈을 시리게 했다. 우리는 누군가에게 어떤 역할을 하도록 임무를 부여받는다. 대상이 다르고 내용이 똑같지 않지만 그러나 누군가에게 무엇인가를 하도록 임무를 부여받지 않은 사람은 없다. 우리는 때때로 의식하고, 때때로 의식하지 못한 채 주어진 임무를 수행한다. 우리는 누군가에게 누군가다. 욕조에 누워 있는 그녀의 마른 몸이 떠올랐다. 물속에 들어가 있을 때 그녀는 잠든 것 같았고, 그럴 때 욕조는 침대처럼 보였다. 때때로 그녀는 거의 육체를 탈피한 것처럼 보였고, 그럴 때 욕조는 관처럼 보였다. "그런데 그 사람, 물속에서 어떻게 그렇게 평화롭던지요⋯⋯." 당신은 오늘따라 아내가 말을 참 많이 한다는 생각을 했다. 전화는 당신이 먼저 끊었다.

26

당신은, 당신을 이곳으로 다시 부른 것이 그녀라는 것을 알아차렸다. 카리브 해안에서 보호자로서의 임무를 부여한 것이 그녀였던 것처럼, 욕조가 있는 방으로 당신을 부른 것도 그녀였다. 아내도 아니었고, 죽은 K는 더욱 아니었고, 서울로의 복귀 명령도 아니었다. 그리고 그녀가 부여한 새로운 임무가 무엇인지도 어렴풋하게 알 것 같아졌다.

당신은 당신이 가지고 있는 열쇠로 그녀의 방

문을 열었다. 방 한가운데 익숙한 욕조가 보였다. 삼분의 이 정도의 높이로 물이 차 있었다. 맑고 투명한 물은 깊은 침묵 속에 잠겨 있었다. 그녀의 모습은 보이지 않았다. 도대체 그녀는 어디로 갔을까? 당신은 그녀가 그랬던 것처럼 거실에서 입고 있던 옷을 다 벗고 고양이가 걷듯 가볍게, 그러면서도 약간은 오만하게 걸어서 욕조가 놓인 방으로 들어갔다. 욕조 안에서 물은 깊이 잠들어 있었다. 당신은 물이 깨어나지 않도록 조심조심 움직여 욕조 안에 몸을 누였다. 욕조는 당신의 몸을 받아 안았다. 몸을 누이자 잠들어 있던 물이 서서히 깨어나기 시작하는 게 느껴졌다. 가슴까지 물이 차올랐다. 물은 꿈속에서 움직이는 것처럼 무의식적인 몸놀림으로 당신의 가슴을 어루만지고 당신의 배를 쓰다듬었다. 유리창을 통해 하늘에 걸린 둥근달이 보였다. 달빛은 유리창을 타고 넘어와 욕조에 담긴 물속으로 파고들었다. 바닷물 위에 떨어져서 흰 길을 만들던 카리브해의 창백한 달빛이 당신의 벗은 몸 위에서 어른거렸다. 욕조는 바다만큼 넓어졌다. "물이 맑을수록 달빛은 창백하고, 달빛이 창백할수록 길은 뚜렷해요." 목소리는 바닷속 깊은 곳에서 들려오고 있었다. 문득 그녀가 어디 가 있는지 알 것 같은 심정이 되었다. 당신은 아늑했고 편안했다. 저절로 눈이 감겼다. 몸이 허물처럼 가벼워지는 기분이었다. 이대로 잠들었다가 다시 눈을 뜨고 일어나면 전혀 다른 삶이 당신을 위해 준비되어 있을 거라는 생각이 들었다. 그것은 당신이, 타인의 시선이 닿지 않는 의식의 안쪽, 또는 욕망의 밑바닥에서, 거의 언제나, 너무나 간절히 소망해온 것이었다. 지금과는 다른 삶. 당신은 그녀만이 아니라 아내도 이해할 수 있을 듯싶었는데, 그러나 그것은 착각일 수도 있고, 착각이라고 해도 상관없는 일이었다. H시를 떠나지 못하리라는 예감이 당신의 온몸을 부드럽게 감싸 안았다. 당신은 물속으로 머리를 집어넣었다.

27

아직도 당신은 당신의 이야기가 사랑의 기원과 그 진행 과정을 보여주는 데 바쳐질 거라는 희망을 가지고 있는 것 같다. 사랑은 어떻게 시작되는가, 그리고 어디를 향해서 가는가. 그러나 그 희망은 헛되거나 잘못된 것이다. 당신은, 사랑이 있기나 했던가? 하고 다시 질문해야 한다. 말하자면 사랑이든, 소설이든 처음부터 다시 시작해야 한다.

둘 중 하나가 진실이다. 당신의 소설이 당신의 의도를 배반하고 있거나(그런 일은 흔하다. 그러므로 그다지 무안해할 필요는 없다), 당신이 진짜 의도를 감추고 있다(그런 일은 더 흔하다. 그렇지만 그렇기 때문에 당신이 무안해하지 않는다면 당신은 뻔뻔스럽다는 비난을 면하기 어려울 것이다). 그렇지만……

개정판
작품 해설

사랑은
물이 되는
꿈

박혜진(문학평론가)

게임 속에서 우리는 자유롭지 못하며,

게임을 하는 자에게 게임은 함정이다.

— 밀란 쿤데라, 「히치하이킹 게임」, 『우스운 사랑들』

전제들

자아는 드러나려고 한다. 드러나고자 하는 의지와 욕망이 곧 자아이기도 하다. 사랑에도 당연히 자아가 있다. 사랑 그 자체의 자아는 사랑하는 자의 자아와 동일하지 않다. 사랑의 자아는 그 자신을 드러낸다. 사랑에 대한 담론을 펼치고 있는 이 소설에 대해 이야기하기 위해 우리는 가장 먼저 사랑에 대해 이 소설이 취하고 있는 입장을 확인하지 않으면 안 된다. "대개의 사랑이 오해에서 비롯된다"는 주장은 여전히 도발적이다. "사랑을 시작하게 하는 근원적인 힘인 오해의 정체"와 이러한 오해의 정체를 인식하지 못하게 만드는 것이 사랑에 대한 환상 때문이라는 주장은 주체적으로 사랑하(고 있다고 믿)는 사람들에게 가해지는 배반의 명제이기 때문이다. 사랑은 자신의 의지와 욕망을 드러내기 위해 인간을 경유하는 사건이라는 주장은 사랑에 대한 재정의를 요구한다.

2017년 출간된 소설『사랑의 생애』에서 이승우 작가는 다음과 같은 말로 독립된 유기체로서 사랑의 존재를 강조한 적 있다. "사람이 사랑 속으로 들어가는 것이 아니라 사랑이 사람 속으로 들어온다. 사랑이 들어와 사는 것이다. 숙주가 기생체를 선택하는 것이 아니라 기생체가 숙주를 선택하는 이치다." 모두 사랑이 하는 일이므로 사랑이라는 사건의 주인공은 사랑 그 자체다. 숙주로서의 인간이 스스로를 주인공으로 생각하는 것이야말로 사랑에 대해 품고 있는 환상이며 이 환상이 종종 자신의 상태를 사랑에 빠진 것으로 오해하게 만든다는 것이다. 그렇다면 사람으로부터 독립된 이 오만한 사랑론은 왜, 어떤 목적에 의해 필요한 것일까. 사람이 하는 일이라고 오해하도록 방치하는 것보다 사랑이 하는 일이라고 바로 잡아야 할 소용은 어디에서 비롯되는 것일까. 부정할 수 없는 한 가지 효능. 사랑의 결과가 무엇이든 그 책임이 사랑하는 자에게 향하지 않는다는 것이다. 전술한 바와 같이 사람이 아니라 사랑이 한 일이므로. 그렇다면 사랑은 무슨 일을 하는가.

사랑은 세계를 축소시킨다. 더블린 소설가 샐리 루니의 소설『노멀 피플』표지에 쓰인 삽화에는 뚜껑이 반쯤 뜯겨진 통조림 안에 몸을 포갠 채 누워 있는 남녀가 있다.『노멀 피플』은 이별과 재회를 반복하는 젊은 연인의 예측할 수 없는 연애담을 그린 소설이다. 두 사람은 두 사람으로만 이루어진 관계 안에서 충분히 행복하다. 그들의 사랑에는 어떤 모자람도 없으며 그것은 완벽이란 말로 대체될 수 있을 정도다. 그러나 두 사람 사이에 외부 상황들, 이를테면 친구들의 시선과 평가, 그들 각자의 자격지심, 서로 다른 계층에서 오는 이질감 등 '바깥의 상황'들이 개입하면 완벽하던 관계는 훼손되기 시작한다. 밀봉되어 있기만 하면 무한히 보관할 수 있지만 뚜껑이 열리고 조금의 틈이라도 생기면 금세 산화가 시작되고 부패가 진행되는 통조림 속 내용물처럼 두 사람의 관계는 완벽한 동시에 나약하다. 그들의 사랑은 둘이라는 최소 단위와 외부로부터의 단절이라는 조건을 만족시킬 때만 제한적으로 존재한다. 당연한 결과이기도 하다. 이승우 식으로 표현하자면

"사랑은 세상을 축소시키는 기술"이기 때문이다. "사랑에 빠지는 사람의 세계는 두 사람만 존재하는, 아주 좁은, 이제 막 태어난 세상"이다. 마치 통조림 깡통처럼. 그러나 진공 상태의 사랑 이야기는 없다. 사랑 역시 우리의 삶이 그런 것처럼 관계 속에서 존재한다. 어떤 사람도 그들을 둘러싸고 있는 상황과 조건 밖에서 사랑하지 못한다.

완벽한 사랑은 두 사람만의 공간에서 가능하지만 두 사람만의 공간에서 유지될 수 있는 사랑 따위는 존재하지 않는다는 역설에서 우리는 사랑의 본성이 불가능이라는 사실을 도출할 수 있다. 따라서 우리는 사랑의 역사를 불가능의 역사라고 부를 수 있을 것이며, 불가능의 심연으로 함께 뛰어든다는 점에서 연인은 인간이 경험하는 가장 **미학적인 실패의 결사체**라고 할 수도 있을 것이다. 서로에게 무엇도 약속하지 않는 청춘들이 거침없이 상처를 주고받는 연애의 내면을 섬세하게 관찰하는 스타일로 인해 『노멀 피플』은 밀레니얼 세대의 연애소설이라고 불리는 한편 작가인 샐리 루니에게는 21세기 제인 오스틴, 더블린의 프랑수아즈 사강 같은 찬사가 따라붙는다. 제인 오스틴, 프랑수아즈 사강, 그리고 샐리 루니에 이르기까지, 연애소설이 실패를 그리는 전통적인 방식은 사랑할 때 발생하는 섬세한 감각의 변화를 현미경처럼 묘사하는 것이다. 축소된 세계를 표현하는 오래된 방식이기도 하다. 반대편에 이승우식 연애소설이 있다. 다른 방식으로도 이 역설적 세계를 표현할 수 있음을 보여준 작가가 바로 이승우다. 이승우는 묘사하지 않고 진술한다. 심문하고 색출한다. 그것이 사랑이라면 심문과정은 한층 더 차갑고 치밀해진다.

한편 잠복된 불가능과 실패를 수행해나가는 사건으로서의 사랑은 균형 없는 세계를 이룩하기 위해 기울어진 힘의 작용이 드러나는 사건이기도 하다. 2020년 출간된 연작소설집 『사랑이 한 일』은 사랑의 이름으로 행해지는 불가해한 고통을 통해 치우침으로써 가치를 증명하는 사랑의 존재론을 탐구하는 작품이다. 작가가 사랑에 대해 품어온 의심과 질문을 전면적이고 종합적으로 다루고 있는 이 소설은 더 사랑하기 때문에 상실의 고통에 빠지고 덜 사랑했기 때문에 원죄 의식에 사로잡히는 것이 사랑이 한 가장 최종적인 일이라는 것을 보여준다.『욕조가 놓인 방』은 사랑이 한 모든 일들에 대한 이승우의 오랜 탐색, 그 서문에 해당하는 작품이다.

이승우가 사랑에 대해 이야기할 때 주인공은 어김없이 사랑 그 자체다. 사랑하는 인간은 사랑이라는 생명체가 "태어나고 성장하고 소멸"하기까지 제 몸을 사랑의 서식지로 제공할 뿐이다. 주인공은 언제나 사랑이고, 서사를 전개시키는 것 역시 사랑이다. 사랑이라는 사건이 종료된 후 사체만이 남아 있는 현장에서 시작해 사랑의 생성과 그 이후를 추적하는 이 소설에서 작가는 현장을 검증하는 프로파일러이거나 남겨진 흔적에서 죽음의 연원을 밝히는 법의학자에 더 가까워 보인다. 리얼리스트이자 아이디얼리스트로서 이승우가 사랑에 대해 이야기하는 것은 맞지만 사랑의 입장에서 진술된 그의 소설은 사랑하는 인간이 아니라 사랑 앞에서 쩔쩔매는 인간을 발견함으로써 그들을 통해 사랑을 가로막는 조건들이 무엇인지 묻는다. 사랑에 대해 이야기하는 것은 맞지만 그가 이야기하는 사랑은 불가능으로서의 사랑인 것이다. 불가능이라는 속성을 지니고 있으므로 "대개의 사랑이 오해에서 비롯"된다는 주장은 일견 타당해 보인다.『욕조가 놓인 방』역시 실패한 러브 스토리다. 의식의 세계에 갇힌 남자와 무의식의 세계에 갇힌 여자의 엇갈림에서부터 그들 사이에 발생한 오해의 연원을 밝혀보자.

물 위를 걷고 싶은 남자

주인공인 남자는 사실상 종료된 것과 다를 바 없는 결혼생활을 이어가고 있던 삼십 대 후반의 종합상사 직원이다. 출장을 위해 찾은 멕시코의 한 카페에서 관광가이드인 여자를 만난 남자는 그녀와 사랑에 빠질 것 같은 강렬한 예감에 사로잡힌다. 이어 고대 마야 문명의 유적지에서 다시 그녀와 만난 남자는 마야 피라미드에서 여자와 나눈 첫 키스의 강렬함을 잊지 못한다. 한편 여자에게는 비행기 사고로 잃은 남편과 다섯 살 난 아들이 있다. 여자와의 만남으로부터 십육 개월이 지난 시점, 남자는 구조조정 성격의 발령을 받고 지방 도시로 혼자 이동하게 된다. 공교롭게도 그 도시는 그녀가 살고 있는 곳이었고, 두 사람은 자연스럽게 동거를 시작한다. 그러나 동거는 한 달 만에 끝난다. 이후 여자를 다시 만나고 싶지만 행동으로 옮기지 못하던 남자는 액자와 면도기를 가져가라는 그녀의 말로 "자기 합리화, 혹은 자기설득, 혹은 자기기만의 그럴듯한 명분"이 생기자 그제야 여자의 집을 찾아간다. 소설은 남자가 그녀의 집으로 향하는 데에서 시작한다.

남자의 사랑은 한 번도 열정적이었던 적이 없다. 지나치게 이성적이라고 해야 할 남자는 "자기 합리화가 없이는 여간해서는 움직이지 않는" 사람이다.

또한 "스스로 명분을 만들어서 자신을 설득시키고 난 후에야 행동"하는 사람이기도 하다. 그러나 엄밀히 말해 그것은 "설득의 과정이 아니라 속이기의 과정인 경우가 더 많"으며 "스스로 만든 합리화의 술책에 넘어가지 않을 만큼 현명하지만" "기꺼이 그 술책에 넘어가줄 만큼 교활"한 사람이 또한 남자이기도 하다. 요컨대 남자는 명분을 확보한 이상 머뭇거리지 않지만 명분이 없으면 용기를 내지 못하는 사람이다. 그의 사랑은 이미 소멸했거나 시작하지 못한 채 망설인다. 그의 사랑엔 현재가 없다. 사라지고 없는 과거의 사랑 앞에서 서성이거나 사랑이 오지 못하도록 막아서고 있는 형국이랄까. 헤어진 그녀의 집에 도착한 남자는 사건 현장을 다시 찾은 범죄자처럼 이별만이 남겨진 장소에서 사랑의 증거를 찾으려 하지만 부재의 증거만으로 가득한 현장에는 두 사람 사이에 존재했던 감정의 흔적 따윈 발견되지 않는다. 그때 남자의 시선을 사로잡는 것이 욕조다. 욕조에 담긴 물이 흘러넘치며 만들어내는 소리가 그의 귀를 자극한다. 욕조가 있는 곳은 그녀의 방이다. 남자의 시선이 그녀의 방으로 향한다.

물이 물속으로 스미면서 물을 밀어내는 소리였다. 물은 물속으로 섞여들수록 물을 밀어내야 했다. 물이 물속으로 스며들 때가 아니라 물이 물을 밀어낼 때 소리가 났다. 당신은 그 물소리에 친숙했다. 친숙하다고 생각했다. 당신은 천천히 눈을 들어 물소리가 들려오는 쪽을 바라보았다. 그녀의 방문이 굳게 닫혀 있었다.(28~29쪽)

물소리는 남자가 여자의 집에서 한 달 만에 나온 이유였다. 그는 여자의 방에서 들려오는 밤의 물소리를 견딜 수 없었다. 욕조에서 나와 밖으로 흘러넘치는 물의 소리를 참을 수 없었던 남자가 진짜 견딜 수 없었던 것은 물론 소리가 아닐 것이다. 그는 세계를 축소시키는 사랑의 기술, 즉 사랑의 전제를 받아들이지 못했다. 상실의 연산법은 소멸이거나 증식이다. 공감이라는 이름으로 상실이 소멸할 수도 있고 한 사람의 그것이 다른 한 사람에게 전이됨으로써 각자가 기존에 가진 것 이상의 상실을 갖게 될 수도 있다. 줄어들거나 넘쳐난다. 사랑이라는 변수가 그렇게 만든다. 그들을 둘러싼 세상을 축소시키는 연인이라는 공간은 상실을 공유함으로써 두 개의 고통을 축소하고자 하는 꿈을 꾼다. 그러나 명분이 없으면 용기를 내지 못하는 남자는 여자의 상처 속으로 들어가지 못했으므로 그녀의 상처와 섞이지 못했다. 그녀의 상처를 나눠 가짐으로써 고통을 줄이지도 못했고 그녀의 상처에 전염됨으로써 상처를 증식시키지도 못했다. 그는 생각이 너무 많다. 생각하는 동안 자신의 욕망으로부터 소외되었음은 물론이다.

남자의 욕망은 의식의 지배 아래에 있다. 어둠 속에서 그녀와 나누었던 키스가 잊을 수 없을 정도로 강렬했던 반면 그녀의 집에서는 좀체 그녀에게 욕망을 느끼지 못한다. 밝은 불빛 아래에서 실체를 인식할 때는 어둠 속에서 작용했던 것만큼의 욕망이 발생하지 않는 것이다. 어둠 속에서의 키스가 강렬한 것은 그것이 자신의 무의식이

빚어낸 상상 속에서 동시에 벌어지고 있는 일이기 때문이지만 밝은 불 아래에서 바라본 그녀의 모습은 객관화된 세계, 즉 의식의 세계에서 벌어지고 있는 일이기 때문이다. 그녀의 몸을 바라보면 그녀의 상실과 상처가 먼저 떠오른다. 그녀에 대한 의식이 그녀를 향해 발생하는 무의식을 방해한다. "서술과 이미지가 대결할 때, 서술은 결코 이미지를 이기지 못한다"는 말은 남자가 그녀와의 관계를 지속하지 못하고 한 달 만에 그 집을 나온 이유를 보여주는 또 다른 증거다. 남자는 서술의 세계, 즉 의식의 세계에서 살아가는 사람이다. 서술과 이미지가 대결할 때 서술이 이미지를 이기지 못한다는 말은 의식과 무의식이 대결할 때 의식이 무의식을 이기지 못한다는 말과도 같다. 적어도 사랑의 세계에서는 그렇다는 말이다. 남자의 사랑은 실패했다. 그의 의식이 그의 무의식을 이기지 못했기 때문이다. 그는 물 위를 걷는 사람이었고, 그녀와의 관계에 있어서도 물 위를 고집했다.

욕조에 누워 있는 그녀의 마른 몸이 떠올랐다. 물속에 들어가 있을 때 그녀는 잠든 것 같았고, 그럴 때 욕조는 침대처럼 보였다. 때때로 그녀는 거의 육체를 탈피한 것처럼 보였고, 그럴 때 욕조는 관처럼 보였다.(116~117쪽)

달이 만든 바닷물 위의 길을 바라보며 남자는 물 위를 걸었다는 예수를 생각한다. "저 달빛이 만든 길 위에 올라서면 어딘가로 갈 수 있을 것 같지 않아요?" 그러나 여자는 남자의 의견에 동의를 표하지 않는다. 여자는 오히려 반대의 이야기를 한다. "물속으로 들어가고 싶었다"고 말하는 것이다. 물속으로 들어가고 싶다고 말하는 여자는 수장을 예찬하기에 이른다. 마치 욕조 속에 잠기는 것이 수장에 대한 재현이라고 말하는 듯. 물 위를 걷고 싶은 남자와 물속으로 들어가고 싶은 여자는 수면에서만 만날 수 있다. 의식의 바닥과 무의식의 천장이 만나는 곳에서 두 사람은 서로에게 끌리지만 의식은 솟아오르려 하고 무의식은 가라앉으려 하므로 두 사람의 관계는 지속될 수 없다. 두 세계는 다른 방향으로 나아갈 테지만 두 방향이 스치며 발생하는 순간의 겹침이 사랑이라는 감정을 촉발시킨다. 오해다. 오해일 것이다. 서로가 서로를 배타적으로 독점하고 서로가 서로에게 배타적으로 소속되어 있는 관계라면 이들이 서로를 독점할 수 있는 시간은 서로를 스치는 경유의 순간일 뿐이므로.

물속에 잠기고 싶은 여자

여자의 방 한가운데에는 욕조가 있다. 꽉 찬 물속으로 한 사람이 들어가면 한 사람만큼의 물이 바깥으로 넘친다. 흘려 보냄으로써 욕조 안에 있을 수 있는 물의 양은 애초에 정해져 있는 만큼의 수준을 넘어서지 못한다. **남자**에게는 욕조에 들어가 있는 그녀와 함께 욕조 안으로 들어갈 수 있는 기회가 있었지만 남자는 그렇게 하지 못한다. 흘러넘치는 물에 해당하는 자신의 존재를 인식하는 데 대한 두려움 때문이다. 남자는 "무엇을 이용해서든 자기 표현을 잘하면서 살았던 것 같지 않았"던 삶을 살았다. 남자에게 환한 불빛이 어둠에 대비되는 것이었다면 욕조 역시 어둠에 대비되는 공간이다. 욕조는 깨닫게 한다. 그는 자신이 지닌 정확한 질량을 바라보는 것을 힘들어하는 것과 같은 마음으로 여자와 함께 잠기기를 거부한다.

　물 위를 걸을 수 있을 것 같은 기분이었지요? 하고 당신이 물었다. 그러나 그녀는 당신에게 동의를 표하지 않았다. "물 위를 걸을 수 있을 것 같았던 것이 아니라…… 물속으로 들어가고 싶었다고요. 내 말은, 물속으로……."(78쪽)

　남자에게 욕조가 깨닫는 공간이었다면 여자에게 욕조는 깨지는 공간이다. 의식의 세계가 주지 못하는 부서짐이 욕조 안에서 가능하다. 그녀에게 욕조는 짓지 않은 죄에 대한 속죄의 시간이자 속죄하는 자신을 구원하는 시간인 탓이다. 죽음의 의식을 치르는 사람은 매번 죽음에 가까운 행동이 그치는 순간 죽음으로부터 다시 회생한다. 수장水葬이라는 미학적 죽음을 꿈꾸어왔던 그녀는 욕조를 통해 죽은 가족의 마지막 순간을 체험하고 그들의 고통스러운 순간을 함께하지 못한 데 대한 근원적인 죄책감을 속죄한다. "수장이야말로 가장 정결한 죽음일 거"라고 말하는 여자는 "물속으로 뛰어들고 싶은 충동"을 느낀다. 남자가 욕조 속에 들어간 여자를 견딜 수 없었던 것은 그녀가 죽음 가까이에 있었기 때문이기도 할 것이다. 죽음 가까이에 있는 사람과 생의 한가운데에 있는 사람이 함께 도모할 수 있는 사랑이란 사랑의 그림자밖에 없다.

그런데 죽음 충동의 자극을 받는 무의식의 공간으로서의 욕조나 욕망의 진로를 방해하는 의식의 공간으로서의 욕조가 실현할 수 없거나 실현되지 않은 욕망의 공간이었던 것과 달리 극중에는 물속으로 뛰어들고 싶은 충동을 현실에서 구현한 사람도 있다. 남자의 부인과 지속적인 관계를 맺고 있던 전 연인 K다. K와 아내가 연락을 주고받고 있다는 사실을 알고 있으면서도 남자는 그 사실을 둘 사이에 공론화하지 않는다. 그러던 어느 날 우는 아내의 전화를 받고 K가 죽었다는 소식을 듣는다. 아내의 설명에 따르면 그의 사인은 질식사다. 아내가 보는 앞에서 강물 속으로 걸어 들어갔다는 것이다. 임파선암 세포가 온몸에 퍼져서 앞으로 삼 개월을 넘기기 힘들 거라는 선고를 받은 남자의 마지막이라고는 예상할 수 없는 결말 앞에서 남자는 아연해진다. 그러나 그 사실보다 더 그를 자극하는 이야기는 그를 말릴 수 없었다는 아내의 말이다. "나는 그의 몸이 물속으로 스미는 걸 보고만 있었어요. 영혼이 몸속에 스미듯 너무나 자연스러워서 제지할 수가 없었어요. 물이 그의 몸을 삼키는데도, 내 눈 앞에서 그의 몸이 조금씩 지워져가는데도 그 모습을 보고만 있었어요. 그러니까 물이 그의 몸을 받은 마지막 몸이었어요."

몸이 물이 되고 물이 몸이 되는 순간에 대한 아내의 묘사는 이 소설에서 물이 지니는 의미를 암시한다. 수면 위의 세계에 살고 있는 사람, 수면 아래를 꿈꾸며 자신을 그 속으로 밀어 넣는 사람, 그리고 물이 된 사람. 물이 된다는 것은 영혼과 육체의 완전한 죽음, 즉 완전한 합체를 의미한다. 어느 한쪽이 다른 한쪽을 군림하지 않는 완전한 소멸. 그것은 완전한 재생에 앞서는 일이기도 할 것이다. 물속에 잠긴 여자도, 물 위를 걷고 싶은 남자도, 의식과 무의식, 영혼과 육체가 분리된 채 어느 한 세계조차 현실로 만들지 못했다. 사랑은 불가능한 현실을 만든다. 불가능한 현실은 허구 속에 존재하는 진실이다. 절반의 의식과 절반의 무의식으로 빚어진 이 공간을 사랑의 그림자라고 부를 수도 있을 것이다. 실은 사랑이 그림자다. 실체는 아니지만 실체의 이미지가 표현된 공간 안에 허구적 진실이 있다. 사랑은 허구적인 진실이다.

증명

　사랑은 오해에서 시작된다는 화자의 주장으로 시작된 소설은 다음과 같은 질문으로 끝을 맺는다. 사랑이 어떻게 시작되었고 어디를 향해서 가는지 묻는 헛된 희망을 가지느니 사랑이 있기나 했는지 물어야 한다고 말이다. 사랑이 있었다는 전제를 전복하고 그것의 유무를 따져야 한다는 주장은 끝까지 도발적이며 사랑하는 자를 '우스운 사랑'의 주체로 전락시킨다. 그러나 앞서 살펴본 것과 같이 남자는 서술의 세계를 살았고 여자는 이미지의 세계를 살았다. 남자는 의식의 세계에 거주했고 여자는 무의식의 세계에 거주했다. 이들의 삶이 다른 것처럼 이들의 사랑도 다르며, 이들의 사랑이 다른 것처럼 이들의 이별도 다를 것이다. 이들 각자의 사랑은 한 방향으로 흘렀던 적이 없다. 각자 흘러가던 중 사랑이라 불릴 만한 한 지점에서 서로를 스쳤을 뿐이다. 그렇다면 이 짧은 순간에 사랑이 있었다는 것을 어떻게 알 수 있을까. 부재의 증거만이 확실한 실패의 역사에서 사랑이 존재했다는 사실을 우리는 어떻게 입증할 수 있을까. 허구적인 진실을 확보하는 문제가 여전히 숙제로 남아 있다.

사랑의 존재는 사랑이 증명한다. 사랑이 있었다는 사실을 증거할 수 있는 것은 사랑하는 사람의 이성과 감성이 아니라 드러난 사랑이다. 다시 찾은 그녀의 집에서 남자는 "그녀만이 아니라 아내도 이해할 수 있을" 것 같은 마음을 품은 채 욕조의 물속으로 들어간다. 욕조 안으로 들어가 물에 잠기는 행위는 무의식의 영역으로 걸어 들어간 의식과도 같다. 강물 속으로 걸어 들어가 물이라는 마지막 몸을 수행한 사람처럼 남자도 기어이 물속으로 자신의 의식이 잠기게 놓아둔다. 물은 섞는다. 물속에서 우리는 섞이지 않을 도리가 없다. 섞이는 것이 사랑이다. 사랑은 스치는 것이 아니라 섞이는 것이다. 여자와도 아내와도 다만 스쳤을 뿐인 남자는 그제야 물이라는 몸을, 섞임이라는 사랑을 인식한다. 자신을 잃어버리지 않으면 사랑은 출현하지 않는다. 사랑의 서식지가 되기 위해 인간은 자신을 비워야 한다. 사랑의 증명은 자신의 상실을 통해 입증된다.

 연애와 사랑이라는 주제를 다루면서 현대인들의 교환되지 못하는 욕망, 합일되지 못하는 이성과 감성, 표출되지 못하는 충동과 열정을 이승우처럼 정확하게 그려내는 작가를 보지 못했다. 이것이 이승우의 연애소설을 연애하는 인간에 대한 소설이자 자신의 욕망을 밝은 불 아래에서 보지 못하는 그늘진 인간 의식에 대한 소설이라고 말할 수 있는 이유이며, 그런 점에서 『욕조가 놓인 방』은 물 위를 겉도는 의식과 물속을 헤매는 무의식으로부터 받아 적은 물이 되지 못한 꿈이라 하겠다. 물은 뒤섞이며 혼돈이 된다. 그들이 사랑에 실패한 이유는 혼돈이 되지 못했기 때문이다. 사랑은 물이 되는 꿈이다.

 밀란 쿤데라의 단편소설 「히치하이킹 게임」에서 이제 막 연인이 된 두 사람은 휴가를 가던 중 히치하이킹으로 만난 낯선 커플 놀이를 하게 된다. 재미로 시작한 게임이지만 게임이 지속될수록 감춰졌던 두 사람의 모습과 본능이 드러나기 시작하고 그들의 관계는 이전과 다른 전혀 새로운 세계로 나아간다. 두 사람은 새롭게 설정된 관계 안에서 자신의 낯선 욕망들을 마주한다. 이를 테면 그녀는, 그가 온전히 자기 소유이길 원하고 자신 역시 온전히 그의 소유가 되길 원하지만 "그에게 모든 것을 주려고 노력할수록 자신이 그에게 깊이 없는 표면적인 사랑이 줄 수 있는 것", 말하자면 가벼운 연애가 줄 수 있는 것들을 거부한다는 느낌이 든다. 그녀는 "진지함과 가벼움을 함께 가지지 못하는" 자신을 탓한다. 낯선 남자들을 상대로 히치하이킹 하는 관능적 존재로 설정된 게임 안에서 자신을 창녀 취급하는 남자에게 "나는 나야, 나는 나야, 나는 나야……"라고 말하며 눈물 흘리는 여자, 여자를 통째 장악하고 싶은 속된 욕망의 노예가 되고 싶어 하는 남자를 통해 가려진 그늘 안에 있는 사랑의 욕망들이 적출된다. 의식과 무의식의 부조화가 낳은 우스운 사랑의 단면이자 사랑이라는 게임 안에 들어선 자들이 허구와 실제 사이에서 잃어버린 미로의 정점이기도 하다.

    사랑이라는 게임이 시작되면 그 안에서 우리는 우리가 만들었으나 우리를 통제하는 룰 안에서 자유를 빼앗긴다. 그리고 두 사람이 서로를 향해 내뱉고 마시는 공기들로 이루어진 미로에서 사랑하는 사람들은 낯선 자신과 조우한다. "나는 나야"라고 세 번이나, 아니 그보다 더 여러 번 반복하는 여자의 말 속에서는 사랑하는 인간이 사랑 앞에서 속수무책으로 자신을 놓쳐버리는 상황이 등장한다. 그러나 자신을 잃어버리고 자신을 놓아버릴 때 만나는 자신이 바로 사랑하는 그 자신이다. "대개의 사랑이 오해에서 비롯"되는 이유는 사랑할 때의 인간이 사랑하지 않을 때의 인간과 전혀 다른, 규정할 수 없고 해독할 수 없는 상태에 있기 때문이다. 타인을 위해 공백으로 비워둔 자리를 사랑의 시작 단계에서 이해할 수는 없다. 게임은 함정이므로 게임에 참여한 사람들이 선택할 수 있는 것은 함정에 빠지는 일뿐이다. 빠지지 않기 위한 노력은 다 헛된 노력이다. 물속으로 얼굴을 집어넣은 것처럼 빠지는 것만 가능하다. 자신에게 그늘을 허락하는 일이자 기꺼이 혼돈을 찾아나서는 일. 사랑은 세상을 축소시키는 기술이다. 그리고 세상을 뒤섞는 예술이다.

초판

작품 해설

문명화된 아담과
신비화된 이브,
그 비극적 마주침

정여울(작가, 문학평론가)

0. 프롤로그

쾌락에 중독된 아담과 죽음에 중독된 이브가 만난다면 어떤 일이 일어날까. '그'는 낯선 이국의 땅, 그것도 지상에서 가장 원형적인 욕망의 흔적이 남아 있는 신화적 공간, 마야 문명의 유적지에서 '그녀'를 만난다. '아내'가 아닌 여자, '그녀'는 그녀 스스로조차 의도하지 않은 치명적 유혹의 빛깔로 그의 욕망의 세포 하나하나를 검붉게 물들인다. 그러나 막상 그녀와 진정 함께 있게 되었을 때 그는 그녀를 자신도 모르게 밀어내는, 아니 그녀 자체를 견딜 수 없는 자신을 발견한다. 그러나 그녀와 멀어져서도 그는 예전의 아늑한 일상 속으로 돌아갈 수 없다. 이미 자기 안에 숨어 꿈틀대는 야생의 아담을, 여전히 신화 속에 갇혀 있는 이브의 맨 얼굴을, 너무도 또렷이 엿본 뒤였기 때문이다. 그는 그녀를 만나기 이전으로 되돌아갈 수 없다. 그러나 되돌아가지 않고서도 제대로 살아갈 수 없다. 그는 왜 그녀에게 마법처럼 이끌린 것일까. 그리고 왜 그는 그녀와 한 공간을 공유하게 된 이후, 그 마약 같은 행복을 스스로 거부하게 된 것일까. 아니, 왜 '우리'는 사랑의 허무와 절망에 대한 모든 이론적 공식과 경험의 법칙을 달달 외고 있으면서도, 또다시, 또 다른 사랑에 빠지는 것일까. 또한 그렇게 어렵게 얻은 사랑을 왜 또 한 번 '스스로' 저버리는 것일까.

1. 삶 자체가 연기演技가 되다

이승우의 『욕조가 놓인 방』에서 남자 주인공은 문명의 이기로 점철되어 있는 지극히 세련된 일상을 살아간다. 특별히 호화로울 것은 없지만 특별히 모자랄 것도 없는 환경 속에서 살아온 남자. 그러나 해외 출장지에서 우연히 마주친 한 여인은 그의 삶을 송두리째 바꿔놓는다. 그는 철저히 근대 자본주의 도시문명에 익숙한 신체지만, 그와 그녀가 꿈꾸는 사랑은 본질적으로 신화적이다. 그는 그녀와의 사랑을 통해 세상을 한없이 축소시켜 오직 그-그녀만의 방 하나만으로도 충분한, 완벽히 자기 충족의 신화적 공간을 만들고 싶어 한다. "사랑에 빠지는 사람의 세계는 두 사람만 존재하는, 아주 좁은, 이제 막 태어난 세상이다." "사랑이 시들해지면 세상이 조금씩 넓어지고, 보이지 않던 사람들이 점점 더 잘 보이고, 그리고 결국 한때 유이한 인류였던 그 사람이 보이지 않게 된다."(43쪽)

그러나 그의 가장 큰 문제는 자신의 욕망에 솔직하지 못하다는 점이다. 그녀에게로 달려가려는 마음조차 '스스로에게' 허락받지 못한다. 그녀에게 이끌리는 마음을 투명하게 인정하지 못하고, 그는 끊임없이 핑계와 구실의 성탑을 쌓아올린다. 그녀를 안고 싶은 욕망 하나로 그녀에게 달려가지 못하고, "면도기와 사각의 액자"를 두고 온 것을 명분으로 만드는 데 '성공'하고, 그것도 모자라 "조급증과 쑥스러움을 감추기 위해 이타심이라는 위장포를" 뒤집어쓰며, "그녀에게 무슨 일이 생겼을지 모른다는 우려를 급조"(15~16쪽)한다. 그는 "자기 합리화가 없이는 여간해서는 움직이지 않"으며 "스스로 명분을 만들어서 자신을 설득시키고 난 후에야 행동"하며, 심지어 그것이 스스로에 대한 "설득의 과정이 아니라 속이기의 과정인 경우가 더 많다"(17쪽)는 것을 잘 알고 있다. 그는 욕망과 행동을 곧바로 연결시키지 못하고 그의 욕망의 일거수일투족을 스스로 검열하고 위장하며 마침내 스스로를 세련된 명분의 액세서리로 잔뜩 치장한 후에야 행동의 문턱에 다다른다. 그는 그 자신을 가장 강력하게, 가장 철저하게 기만한다. 그는 그 자신을 끊임없이 연기演技한다.

자신의 욕망을 말갛게 드러내는 근육질의 아담이 되기에는, 그는 너무나 '생각'이 많다. 그 역시 그런 자신 때문에 힘겹다. 그의 견고한 의지는 그의 꿈틀대는 욕망의 유혹에 언제나 속수무책으로 KO패 당할 위기에 놓여 있다. 그 역시 "생각으로 걷는 길이 발로 걷는 길보다 힘들다."(21쪽) 그 역시 "단단한 각오가 흐물흐물해질 것 같아서" "생각의 몸을 일 밀리미터만 움직여도 주체하지 못할 것 같아서"(22쪽), 두렵고 고통스럽다. 그 역시 그토록 찬란한 의지가 그토록 무력함을 잘 알고 있다. 이렇게 자신의 행복을, 사랑을, 끊임없이 지연시키는 욕망의 무한 연기延期는 그를 강인한 의지의 전사로 만들기보다는 더욱더 성마르게 욕망에 구속되는 영혼으로 만들어간다. 자신의 욕망을 차마 똑바로 바라보지 못하는 소심함, 의지가 욕망을 제압해야 한다는 강박증이 그녀를 '그저' 사랑하는 것 자체마저 어렵게 만든다. 마법의 빨판에 흡수된 듯 그녀에게 중독되는 그. 그러나 그는 막상 그녀의 집에 들어가 살게 되자, 자신이 선택한 공간에 대한 만족보다는 불가항력에 의해 유폐된 듯한 느낌에 사로잡힌다. 그녀를 절절히 사랑할 수 있는 순간이 다가왔을 때조차도, 삶의 마지막 탈출구일지도 모를 그 순간에도, 그는 이번에도 역시 '늘 그랬듯이' 도망친다. 그의 사랑의 불가능성은 상대가 바뀐다고 해결될 수 있는 것이 아니다.

요컨대 그의 사랑의 불가능성, 그 메커니즘은 이렇다. 첫째, 그는 초고속 문명의 질주 속에 던져진 평범한 현대인이다. 둘째, 그는 자신의 평범함을 '어중간함', 혹은 '무력함'으로 해석한 후, 자신의 욕망을 끊임없이 위장하거나 다른 욕망으로 치환하여 연기演技한다. 셋째, 그의 연기력은 훌륭하지만 그 정교한 연기는 그의 사랑에 도움이 되지 않는다. 그는 이기적이기 때문이 아니라 이기적인 자신의 욕망에 솔직하지 못하기 때문에 그 무엇도 온전히 향유할 수 없다. 넷째, 그는 그녀를 사랑하지만 그녀의 상처마저 사랑할 순 없다. 그 상처를 동여매주기엔, 그는 열정과 결단력이 부족하다. 다섯째, 그리하여 그는 그녀와도 맺어질 수 없다. 그렇다고 하여 사랑을 잃은 채로 행복할 수 없다. 연기延期된 욕망일 뿐 욕망 자체는 사그러들지 않기 때문이다.

연기 혹은 핑계는 그가 욕망의 누추함을 은폐하기 위한 수단이었지만 이제 연기(핑계)가 욕망의 주인이 되어 그를 휘두르기 시작한다. 그는 구실이나 명분, 핑계, 정당화의 명분이 없으면 한 발짝도 움직이지 못하게 되어버린다. 그러나 이것은 그 혼자만의 문제가 아니다. 『욕조가 놓인 방』은 욕망을 욕망 그대로 인정할 수 없는 현대인의 비극을 압축하고 있다. 삶 자체가 연기임을 매 순간 깨달아야 하는 현대인들. 우리는 혼자 있을 때조차 연기를 한다. 혼자 있을 때조차 우리는 욕망 '그대로' 행동하기 어렵다. 문명과 함께 진화한 인간의 연기력은 너무나 정교하게 일상화되어 있어 자신조차 스스로의 연기에 기만당하곤 한다. 자신의 연기를 자신의 욕망으로 착각하는 일이야말로, 연기가 욕망을 마침내 앞지르는 일이야말로, 자기-연기의 본원적 메커니즘일지 모른다. "구실이 없으면 움직이지 않는다는 말이 진실인 것처럼, 움직일 수 있게 되었을 때에야 겨우 구실이 찾아진다는 말 역시 진실인 것이다."(23쪽)

2. 나의 영혼은 왜 너의 상처로 건너갈 수 없는가

사랑의 성공이 어려워질수록 현대인들은 '유형론'에 집착한다. 혈액형이나 별자리, 심리학적/철학적 이론까지 동원한 사랑의 유형론은 사랑에 대한 현대인의 불안과 공포를 때로는 코믹하게, 때로는 놀랍도록 논리정연하게 보여준다. 또 누구나 '사랑은 ……이다!'라며 사랑에 대해 깔끔하게 '정의'한 문장쯤은 너끈히 말할 수 있을 정도로, 현대인은 누구나 나름대로 '사랑학' 박사학위의 소지자들이다. 사랑의 의미를 정의하려는 욕망, 그 역시 끊임없이 변화하는 사랑의 변화무쌍한 모습을 어떻게든 한순간만이라도 붙잡아보고 싶은 현대인의 불안을 반증하는 것이 아닐까. 『욕조가 놓인 방』에서 소설의 화자는 사랑에 대한 현대인의 관점을 크게 두 가지로 분류하여 냉정하게 분석한다.

첫째, 구원파적 엄격성 혹은 돈오적頓悟的 입장. 이들은 '사랑이 시작되는 시점을 엄격하게 구분할 수 있는가'야말로 사랑의 순수성 혹은 진실성의 기준이 된다는 입장이다. "사랑에 대해 이와 같은 구원파적인 입장을 가진 사람들은 사랑이 시작된 시점에 대해 종교적인 철저함을 요구한다. 이들은 사랑이 시작된 시점을 인지하고 있느냐, 그렇지 않느냐에 따라 사랑의 진위를 가름할 수 있다는 식의 과격하고 다소 편집적이기도 한 주장을 내세운다."(35쪽) 즉 사랑의 출발점을 정확히 인지하는 사람은 "사랑에 대한 순결을 담보하고 있는 것"이며, 사랑의 정확한 출발점을 알지

못하는 사람은 "의혹과 혐의의 대상"(35~36쪽)
이 된다는 것이다. 둘째, 불가지론 혹은 점오적漸
悟的 입장. 이들은 사랑에 있어 기승전결의 법칙은
적용되지 않으며 스타트 라인과 피니시 라인조차
또렷이 구분할 수 없다는 입장을 지니고 있다. 사
랑에 대한 불가지론자들은 "사랑의 시작과 완성
을 동일시하지 않을 뿐 아니라 시작이 그런 것처
럼 완성 역시 매듭지을 수 있는 것이라고 여기지
않는다." "사랑이 시작된 과거의 한 시간이 아니
라 현재의 확신과 진행형 상태에 더 주목하는 것
처럼 보이는 이들은 사랑의 속성을 점오적인 것
으로 받아들인다."(36~37쪽)

차라리 구원파적 엄격성이 사랑의 모든 경우에
기계적으로 적용된다면 사랑은 훨씬 시작하기도
포기하기도 쉬워질지 모른다. 그러나 사랑의 시작
과 끝, 사랑의 명백한 인과관계를 찾는 일은 누구
에게나 쉽지 않다. 이 소설은 구원파적 엄격성에
의지한 줄거리, 즉 대체로 영화나 소설이 취하기
쉬운, 사랑의 기승전결에 대한 투명한 논리적 서사
를 거부한다. 이 소설은 사랑이 끝나는 자리에서

시작되어 사랑이 시작된 자리로 거슬러 올라가, 다시 사랑이 끝난 자리로 돌아온다. 이 소설의 마지막은 독자에 대한 도발적 질문의 뉘앙스를 품고 있다. "아직도 당신은 당신의 이야기가 사랑의 기원과 그 진행 과정을 보여주는 데 바쳐질 거라는 희망을 가지고 있는 것 같다. 사랑은 어떻게 시작되는가, 그리고 어디를 향해서 가는가. 그러나 그 희망은 헛되거나 잘못된 것이다."(120쪽)

이해할 수 없는 것, 시작도 끝도 알 수 없는 것, 기승전결의 메커니즘을 분석할 수 없는 것. 어쩌면 '정의할 수 없음'이 그 모든 사랑의 유일한 공통분모일지 모른다. 무엇보다도 사랑은 가장 아름답고 현란한 오해의 기술일지도 모른다. 인류 역사에서 연인들의 '대화의 역사'는 곧 은유와 상징, 역설과 유머의 진화과정이다. 연인들의 대화는 '번역'이 일으키는 필연적인 오독의 위험을 지니고 있다. 같은 모국어로 대화하더라도 사랑의 언어는 본질적으로 영혼과 영혼 사이의 번역의 통로를 거쳐야만 한다. 어쩌면 사랑 자체가 '상대방이 내가 원하는 모습을 지니고 있다'는 오해, 혹은 '내가 반드시 보고 싶은 것을 상대방의 엉뚱한 부분에서 발견하는' 아전인수식 해석에서 비롯되는지도 모른다. "대개의 사랑이 오해(고전적인 장르의 예술에서 흔히 환상이라고 돌려서 말해진)에서 비롯된다는 사실을 당신은 알지 못한다. 아니, 당신의 무지는 오해에 근거하고 있다. 사랑에 빠져 있다는 오해, 즉 환상이 사랑을 시작하게 하는 근원적인 힘인 오해의 정체를 인식하지 못하게 한다."(54~55쪽) 오해와 불합리와 우연으로 점철된 사랑, 이 소설의 화자는 사랑에 빠지고 사랑 때문에 고통받는 인류의 환상 자체를 냉혹한 시선으로 해부한다.

그녀에 대한 그의 사랑은 그의 행동양식을 어느 정도 바꾸어놓는다. 그러나 그는 아내와의 관계에서도 '그녀'와의 관계에서도 본질적으로 유사한 태도를 보인다. 그는 부부생활의 오랜 권태를 견디면서도 좀처럼 능동적으로 그 관계를 바꾸어보려 하지 않는다. 그는 아내와의 관계에 대해 그 어떤 판단조차 내릴 수 없다. "당신은 당신과 아내가 서로를 미워하는지조차 알 수 없었다. 그리고 그런 상태가 서로를 미워하는 것보다 한

층 나쁘다는 일반의 시각에 대해서도 알고 있었다. 그러나 나쁘다는 건 어떤 기준으로 나쁘다는 것일까?"(47쪽) 그는 관계의 권태를 견딜 수는 있지만 관계의 파국을 준비하지는 못한다. 애써 아내에게 어떤 문제제기도 하지 않음으로써 그는 '관계의 주도권'을 쥐는 일을 피하려 한다. "당신은 말을 하지 않고 지낸다고 해서 부부 사이가 나쁜 것은 아니라는 식의 판단을 애써 주입했다. 사실 별로 불편하지도 않았다."(48쪽)

그러나 그 역시 분명히 '그녀'와의 외도를 꿈꾸면서도 아내의 외도를 의심한다. 그 역시 아내가 몇 달 전에 말없이 떠난 여행의 이유가 궁금하다. "아내는 사흘간 집을 비웠다. 당신은 애써 아무렇지도 않은 체했지만, 그것은 당신이 상처받지 않기 위해서였지 정말로 아무렇지도 않아서가 아니었다."(48~49쪽) 무언가 변화가 필요하다는 것은 인정했지만, 그것은 아내와의 문제에 정면으로 부딪치는 것이 아니라 도피의 방식에 가깝다. 두 사람 모두 관계의 해부에 적극적이지 않기에 남편이 지방 전근을 가게 되도 아내는 간단히 "나는 안 가요"

라고 일갈할 뿐이다. 그는 아내의 그런 반응에 화를 내지도 당혹스러워하지도 않는다. "오히려 순순히 당신을 따라가겠다고 했다면 당황했을 것이다."(50쪽) 그들은 권태 자체에도 길들여져 버린 것이다. 다음 문장은 권태에 빠진 부부관계의 전형성을 소름끼치게 형상화한다. "당신과 당신의 아내는 언젠가부터 상대가 예상하고 있는 반응만을 보임으로써 서로를 당황시키지 않는다."(50쪽)

그러나 그가 아무리 '파국의 주체'가 되지 않기 위해 도피를 꿈꾼다 해도, 은폐하고 유보하며 끊임없이 지연시켜 온 파국의 시간은 다가온다. 그는 이미 아내가 사흘간 집을 비웠을 때 홀로 집에서 맥주를 병째 마시며 "집에 갇힌 수인과도 같은 자신의 존재에 대해 모멸감"(104쪽)을 느끼고, 분명히 존재하지만 존재하지 않는 것만 못한 자신의 집을 부수고 싶다는 욕망에 시달린다. 그가 여행지에서 그녀와 나눈 용광로 같은 키스를 떠올리는 동안, 아내 역시 옛 연인 K를 그리워하고 있었음을 알아낸다. 그는 아내가 미처 로그아웃하지 않은 메일함에서 K가 아내에게 보낸 노골적인 그리움의 편지를 읽고야 만다. 그는 자신도 모르게 뇌까린다. "집 꼴 좋다."(106쪽) 아내의 옛 연인의 전화한 통, 남편의 지방 발령 같은 사소한 '도화선'에도 철저하게 파괴되어 버리는 끔찍한 화약고 같은 일상. 매끄러운 피부 속에 감춰진 치명적인 암세포처럼, 평온한 지표면 밑에 천연덕스럽게 들끓고 있는 마그마처럼, 서로를 향한 불신과 갈등은 이미 관계의 토양을 뒤흔들고 있다. 마침내 그는 아내와 자신이 만든 권태의 집을 부수지 못한 채 그곳을 황황히 빠져나와 그녀가 있는 H시로 떠난다.

그러나 H시에서 다시 만난 그녀와의 만남 역시 짧은 행복 뒤에 찾아오는 긴 절망으로 점철된다. 그는 아내의 무미건조한 눈길과 냉혹한 무관심의 세계를 탈출하여 '그녀'에게로 도주하지만, 그녀에게는 아내의 외도보다 더 끔찍한, 죽음의 그늘이 드리우고 있다. 남편과 아들을 비행기 사고로 잃은 후, 그녀는 불완전한 삶을 완전한 죽음으로 갈음하려는 미학적 의지에 시달리고 있었던 것이다. 그녀의 방 안에는 아무런 가구도 없다. 다만 한가운데에 커다란 욕조가 놓여 있다. 이 기묘한 인테리어는 그녀가 매일 밤 마주하는 죽음의 유혹을 상징하는 이미지로 꿈틀댄다. 삶의 한가운데에, 그것도 자신의 방 안에 언제나 죽음의 무대를 설치해놓는 여자. 그녀는 차라리 물속에 누웠을 때 더욱 편안하고 평화로워 보인다. "물은 가슴을 어루만지고 배를 더듬으며 출렁였다. 그녀는 목만 내놓고 물속에서 눈을 감았다. 당신의 눈에 그녀는 더할 수 없이 아늑하고 편안해 보였다. 욕조는 거의 침대처럼 느껴졌다."(102쪽)

무엇보다 그녀와 동거 기간 동안 그를 괴롭혔던 것은 밤새도록 희미하게 들려오는 욕조 속의 물소리였다. "그녀의 방 창문을 넘어 들어오는 물, 그녀의 욕조를 가득 채우는 물, 물속으로 스며드는 물, 그녀의 방 벽을 타고 오르는 물, 꿈틀거리고 출렁이는 물, 들어왔던 창문을 타고 넘어가는 물들이 눈앞에 그려졌다. 방 전체가 욕조로 변하기도 했다. 욕조는 거대한 바다로 변하고, 바다는 다시 방으로 변했다가 욕조로 변했다가 했다."(112쪽) 그는 그렇게 옆방에서 들려오는 그녀의 욕조에서 물이 출렁이는 환청 때문에 불면의 밤을 보낸다. 그녀에게 욕조는 죽음을 상상케 하는 공간이기도 하지만 에로틱한 공간이기도 하다. "간혹 그녀가 당신을 욕조 속으로 불렀다."(113쪽) 그러나 그는 물속에서 그녀의 몸을 만질 때 "마치 근친의 몸을 더듬고 있는 것과 흡사한 매우 불편한 감정" 속에 빠져버린다. "여자의 몸이 흡사 물과 같아서 아무리 해도 실체가 만져지지 않는 기이한 경험을 했다."(113쪽) 죽음의 충동과 에로스의 충동이 버무려진 듯한 그녀만의 공간, 욕조. 그곳은 그녀가 한없이 편안함을 느끼는 공간이지만, 그들을 서로에게 영원한 타자로 만드는 공포의 공간이기도 하다. 그는 끝내 그녀의 상처 속으로 건너가지 못한다. 그녀의 상처 속으로 저물어갈 '용기'와 '열정'이 없는 그에게, 이제 출구는 없는 것인가.

3. 신화적 사랑을 향한 영원한 노스탤지어

그들은 여행지에서 만난다. 카페에서의 우연한

만남 이후 남자의 가이드 역할을 하게 된 그녀는 마야 문명의 흔적이 남아 있는 욱스말에서 그에게 이야기를 들려준다. 그곳은 난쟁이 마법사가 하룻밤 만에 세웠다는 전설을 가진 마법사의 피라미드, 마야인들의 창조신인 깃털 달린 뱀 쿠쿨칸의 전설이 서린 곳이다. 그곳에서 그녀는 그에게 마야인들의 신화를 들려준다. "저들의 신화에 의하면, 지하 세계에서 가져온 뼈들 위에 자기 피를 뿌려 인간을 만들었다고 해요⋯⋯."(93~94쪽) 이들이 만나는 공간은 세계의 시작이자 우주의 축소판처럼 묘사되며, 그들 또한 신화의 한복판에 선 주인공들처럼, 우주 전체에 자신들만 존재하는 것처럼, 서로에게 무한히 집중한다. "사랑에 빠지는 순간 세상은 두 사람만 사는 공간이 된다. 그들이 어디 있든 마찬가지다. 연인들은 최초의 하늘과 땅을 가진 에덴의 연인들이 그랬던 것처럼 이 세상에 단 두 사람만 거주하는 양 느끼고 말하고 행동한다. 연인 이외의 모든 사람들은 그저 배경에 지나지 않은 것이 된다. 연인은 연인 말고는 다른 누구도 의식하지 않는다. 말하자면 사랑

은 세상을 축소시키는 기술이다."(98쪽)

그들의 첫 키스조차 신화적이다. 그들이 입을 맞추는 공간도, 그들이 입을 맞추며 떠올리는 이미지도 신화적이다. "그녀와의 첫 키스의 순간, 그것은 고대 마야의 오래된 신화가 살아 숨 쉬는 피라미드 언덕에서 이루어졌다."(31쪽) 그들의 키스는 너무나 신화적이기에 비현실적일 정도로 극단적인 쾌락을 동반한다. 그녀는 코카인을 흡입했을 때의 경험과 키스의 쾌락이 유사하다고 고백한다. 그녀는 코카인의 쾌락을 이렇게 묘사한다. "옆에서 물잔에 물을 따르는데 마치 폭포수가 절벽을 타고 떨어지는 것처럼 들리"고, "누군가의 손길이 슬쩍 팔등을 스치는데 소름이 오소소 돋아나"더라고. 그는 그녀와의 키스를 이렇게 묘사한다. "그녀의 입술에 입술을 대는 순간 당신의 모든 감각들이 일제히 기지개를 켜고 일어났다. 당신은 식물의 잎맥들이 뿌리에서 줄기까지 수분과 양분을 운반하며 내는 소리를 들었고, 풀 위에 맺힌 이슬들이 진주알처럼 또르르 구르는 모습을 보았고, 달빛이 공기 속으로 섞여들어 가

몸을 부비는 모습을 보았고, 아직 피지 않는 꽃이 미리 발산하는 향기를 맡았다."(32~33쪽)

첫 키스를 나눈 그들에게 우주는 손에 닿을 듯 가까이 느껴지며, 시간은 태초의 시간처럼 한없이 순수하다. "달은 지상에 너무 가까이 내려와 손을 뻗으면 닿을 것 같았다. 세상은 세상의 첫날처럼 환했다."(33쪽) 그들은 서로에게서 사랑의 신화성과 원시성을 충족시킬 수 있는 '가능성'을 발견한다. 그러나 그들은 서로에게 강렬한 매혹을 느낄지언정 서로에게 일상적 열정과 성실성을 발휘하지는 않는다. 그들은 일상으로부터 벗어난 이국적·신화적 공간에서는 서로에게 한없이 이끌리지만, 그들의 사랑이 일상의 시공간으로 안착하게 되었을 때 그는 그녀의 고독과 상처를 이해하지 못한다. 어쩌면 현대인에게는 그 어떤 사랑도 '신화의 미달태'일 수밖에 없을지도 모른다.

그는 특별히 이해심이 부족하거나 이기적인 남자는 아니다. 다만 자신을 표현하는 데 익숙하지 못할 뿐이다. 그러나 그것이야말로 그가 타인의 영혼 안으로 깊숙이 들어가지 못하는 치명적인 원인이다. 그는 몸을 이용한 자기 표현에 익숙하지 않으며, "무엇을 이용해서든 자기 표현을 잘하면서 살았던 것 같지 않았다."(65쪽) 그는 춤을 통해 자신의 욕망을 스스럼없이 표현하는 젊은이들을 보면서 열패감을 느낀다. "저들은 몸 말고는 다른 활용 수단이 없어서 몸으로 자기를 표현한다"고 생각했지만, 정작 자신은 "몸조차도 가지지 못했던 것이 아닌가" 하는 서글픈 의혹에 휩싸인다. 그는 오직 몸으로 욕망을 표현하는 젊은이들을 연민의 시선으로 바라보지만, 진정한 연민의 대상은 바로 스스로였음을 깨닫는다. 그는 자기 방어의 필요로 움직일 뿐 자기 표현 자체가 부자유스러운 삶을 살고 있었던 것이다. 그는 욕망에 휘둘리지 않기 위해, 자신의 욕망의 얼굴을 숨기기 위해 욕망의 연기演技를 택했지만, 이제 그의 연기라는 도구가 욕망을 대체하는 역전현상이 일어난 것이다.

육체에 대한 그의 불신은 언어에 대한 편애로 전이된다. 그는 몸을 신뢰하지 않으며 말을 신뢰한다. 그는 본능과 욕망과 감정의 세계보다 이성과 논리와 의지의 세계를 신뢰한다. 그는 "몸의 직접성에 의존한 소통의 기능을 신뢰하지 않는 편"이며 몸을 통한 의사소통이란 "본능적이고 야만적인 것"이라 폄하해버린다. "그것은 말이라는 효과적인 의사소통 수단을 알아내기 전의 인간 종족이 사용하던 원시적인 도구에 지나지 않았다."(70~71쪽) 그가 생각하는 "가장 우월하고 이상적인 소통의 수단"은 언어다. "말을 사용하게 되면서 인간은 몸이라는 불완전한 도구를 이용하여 자신의 의사를 전달하는 수고를 하지 않게 되었다. 비논리적이고 불명확하고 두루뭉술하고 오해의 여지가 많은 몸의 약점을 극복하기 위해 고안된 것이 말이었다."(71쪽) 그러나 그는 언어로 인해 더 많은 오해와 왜곡이 불거지는 것에 대해서는 애써 눈길을 돌리지 않는다. 언어가 육체에 비해 정교할지는 모르지만, 언어는 육체보다 훨씬 '거짓말'에 유리한 도구다. 육체는 단순할지언정 무구하다. 몸에 대한 그의 멸시에는 자신의 몸에 대한 유서 깊은 열등감이 자리 잡고 있다. 중고등학교 시절 체육이 든 날마다 비가 내리길 빌었으며 이십 대를 지나오면서도 무도장에 한 번도

가지 않은 그. "당신은 스스로를 '몸치'라고 불렀다."(71쪽)

몸에 대한 무의식적인 거부감은 성행위에 대한 불편함으로 이어진다. "성욕은 성욕대로 있었지만 그것을 해소하기 위해서 몸을 써야 한다는 사실이 당신을 언짢고 불편하게 했다."(72쪽) 그에게 성행위에서 필요한 몸동작은 "수치심과 자괴감"을 불러일으키며, 점점 그를 성행위 자체에서 멀어지게 한다. 이국땅, 그것도 낯설고 매혹적인 여성과의 만남은 그를 몸에 대한 거부감으로부터 잠시 벗어나게 해준다. "그러나 당신의 굳은 생각은 이국땅에서 허물어졌다. 당신은, 몸은 알아들을 수 있었으나 말은 알아듣지 못했다."(72쪽) 그러나 그 해방감은 오래 지속되지 못한다. 그가 아내와의 결혼생활을 애써 지속하려는 의지가 없는 것처럼, 그녀와 만들어가고 싶은 새로운 사랑에 대한 청사진도 가지고 있지 않기 때문이다. "당신은 지키고 싶은 집이 어떤 집인지 잘 알지 못했던 것처럼 헐어버리고 다시 짓고 싶은 집에 대해서도 또렷한 인식을 가지고 있지 않았다."(107쪽) 그는 살얼음을 디

디듯 하루하루의 징검다리를 신중하게 건너가지만, 신중함과 열정은 공존할 수 없다. "그녀와의 접촉을 시도하지 않은 것은 당신이 그만큼 신중하다는 증거다. 그러나 그만큼 열정이 모자란다는 증거이기도 할 것이다. 충동과 열정을 혼동하지 않았다는 점에서 신중하다. 그러나 충동이 제 노릇을 할 수 없었다는 점에서 당신의 열정은 함량 미달이다."(107쪽) 이러한 열정의 결핍, 용기 없음, 어정쩡함이야말로 그의 가장 큰 비애다.

이것은 그뿐만 아니라 현대인이 사랑을 통해 구원에 다다를 수 없는 진정한 이유, 일상의 울타리로부터 탈주할 수 없는 진정한 이유일지도 모른다. 소설의 마지막 장면에서, 그는 마침내 그녀에게, 정확히 말하면 그녀의 욕조를 향해 다시 돌아온다. 그녀가 어디론가 가버리고 없는 방 안에서, 그녀가 이제는 사라지고 없는 순간이 되어서야, 그는 욕조 속에서 그녀가 느꼈던 평온함을 이해하게 된다. "저절로 눈이 감겼다. 몸이 허물처럼 가벼워지는 기분이었다. 이대로 잠들었다가 다시 눈을 뜨고 일어나면 전혀 다른 삶이 당신을 위해 준비되어 있을 거라는 생각이 들었다. 그것은 당신이, 타인의 시선이 닿지 않는 의식의 안쪽, 또는 욕망의 밑바닥에서, 거의 언제나, 너무나 간절히 소망해온 것이었다. 지금과는 다른 삶."(119쪽) "H시를 떠나지 못하리라는 예감이 당신의 온몸을 부드럽게 감싸 안았다. 당신은 물속으로 머리를 집어넣었다."(119쪽) 그녀가 떠나고 나서야, 그녀와의 진정한 소통의 가능성이 시작된 것인지도 모른다.

인간은 매혹적인 타인을 막연히 그리워하다가, 우연히 만난 타인에게 호기심을 느끼고, 그 호기심이 운명적 마주침일 것이라 믿다가, 마침내 그토록 낯설고 매혹적인 타인에게 입을 맞춘다. 그러나 그/그녀를 품에 안는 횟수가 늘어날수록, 아니 그/그녀의 맨살이 닿기 시작하는 순간 사랑의 풍화작용은 시작된다. 그리고 시간이 흘러 사랑의 정염이 저물어갈 때야, 그 낯선 타인이 더 이상 우리의 곁에 머물고 있지 않음을 깨달았을 때야, 그때서야 우리는 뒤늦은 사랑에 빠진다. 사랑이 끝나고 나서야 타자 안으로 비로소 물들어가는 법을 배우기 시작하는 현대인. 사랑은 고독의 안티테제로 기능하지만 진정한 순도 백 퍼센트의 고독을 경험하고 나서야, 가장 낯선 타인과의 진정한 마주침으로서의 사랑은, '대상 없이' 성취된다는 기묘한 역설. 사랑은 어쩌면 타인과의 마주침이기 이전에, '나'를 구성하는 모든 조건과 허영과 명분을 떼어버린 채 나 자신과 무방비 상태로 만나는 것이 아닐까. 내 욕망의 알몸을 투명하게 응시한 후에야, 대상의 조건에 휘둘리지 않는 무구한 사랑의 서사시가 탄생할 수 있을지도 모른다.

다시, 0. 에필로그

〈와호장룡〉과 〈라스베가스를 떠나며〉는 치명적인 상처를 지닌 상대방을 사랑하는 두 가지 아름다운 길을 보여준다. '술을 많이 마셔서 아내가 떠났는지, 아내가 떠나서 술을 많이 마셨는지'조차 기억할 수 없는 벤(니콜라스 케이지). 그는 세라(엘리자베스 슈)에게 이렇게 말한다. "나는 알코올

중독자야. 그리고 나는 네가 창녀란 걸 알아. 나는 이 상황이 너무나 편안하다는 걸, 너도 알아줬으면 해." 세라는 그의 알코올중독을 애써 치료하려 들지 않는다. 그녀가 그에게 플라스크(휴대용 술병)를 선물하는 장면이 그들의 사랑이 수줍게 시작되는 장면이다. 상대방의 상처 속으로 완벽하게 투신하는 사랑, 그를 구원하지 못한다면 차라리 그의 상처 속으로 저물어가는 삶. 〈와호장룡〉에서 리무바이(주윤발)와 수련(양자경)의 사랑은 평생 바라보면서도 차마 서로를 품어 안지 못하는 사랑이다. 맹독이 온몸에 퍼져 마지막 숨을 남겨놓은 리무바이를 바라보며 수련은 말한다. "마지막 호흡을 아껴 득도의 경지에 오르세요. 마지막 숨은, 저를 위해 쓰지 마세요. 최후의 호흡으로 해탈의 길에 오르세요." 그러나 리무바이는 마지막 숨결을 해탈의 길을 떠나는 데 사용하지 않는다. 그가 떠나간 후 혼자 남을 그녀를 위해, 일생 동안 꿈꾸던 해탈의 길을 버린다. "언제나 당신을 사랑했소. 나는 죽어 혼백이 되더라도 외롭지 않소. 칠흑 같은 어둠 속에서도 당신의 사랑이 있기에, 나는 외롭지 않을 거요."

〈와호장룡〉의 사랑은 상대방의 매력을 소비하거나 상대방에게 인정받기 위한 사랑이 아니라 '나'를 '나'이게 하는 경계조차 허물어버리는, 탈아脫我의 사랑이다. 내가 나인 것을 벗어나는 일이야말로 우리가 이 끔찍한 문명인의 사랑법을 벗어날 수 있는 길이 아닐까. 내가 지금의 나인 채로 평생 이곳에 머물러 있다면 얼마나 참혹할까. 나를 나이게 하는 조건들, 그대를 그대이게 하는 욕망들, 그것들로부터 자유로워질 수 있는 날, 욕조 속에 온몸을 처박고 자신의 상처를 유폐시켜 버린 그/그녀에게 따뜻한 인공호흡을 해줄 수 있지 않을까. 그와 그녀를 욕조의 미적지근한 물과 방안의 밀폐된 공기로부터 자유롭게 해줄 수 있지 않을까. 복수와 분노의 화신이었던 용(장쯔이)은 그녀에게 가장 아름다운 사람이었던 리무바이를 죽음으로 몰아넣고서야 깨닫게 된다. "손을 꼭 쥐면 그 속엔 아무것도 없지만 손을 펴면 온 세상이 그 안에 있다."

욕조가 놓인 방

초판   1쇄 2006년 9월 15일
개정판 1쇄 2021년 10월 26일
개정2판 1쇄 2022년 4월 26일

지은이 이승우
펴낸이 박진숙 | 펴낸곳 작가정신
편집 황민지 | 디자인 나영선 | 마케팅 김미숙
홍보 조윤선 | 디지털콘텐츠 김영란 | 재무 오수정
인쇄 한영문화사 | 제본 대신문화사

주소 (10881) 경기도 파주시 문발로 314
대표전화 031-955-6230 | 팩스 031-944-2858
이메일 editor@jakka.co.kr | 블로그 blog.naver.com/jakkapub
페이스북 facebook.com/jakkajungsin
인스타그램 instagram.com/jakkajungsin
출판 등록 제406-2012-000021호

ISBN 979-11-6026-282-7 03810